Danksagungen

Um dieses Buch fertigzustellen brauchte es nicht nur einige Bleistifte, Kugelschreiber, manches Blatt Papier und abgenutzte Tastaturbuchstaben, sondern vor allem die Unterstützung einiger Menschen. Manche haben mich einfach dadurch inspiriert, dass ich an sie gedacht habe. Andere haben mich immer wieder ermutigt, kreativ zu sein.

Vor allem meinem Sohn Kevin, mit dem ich früher schon im Kinderzimmer zum Mars geflogen bin, danke ich dafür, dass ich immer kindisch verrückt sein durfte.

Mein ganz besonderer Dank aber gilt meiner Lebensgefährtin Britta Daniel-Tonn. Sie hat mich aus einem tristen Leben in den Pool der Verrücktheiten und Lebensfreude geworfen. Sie ermutigt mich immer wieder, kreativ zu sein, jung zu bleiben und dieses Buch endlich fertigzustellen.

Danke Britta, dass Du jeden Tag mein Leben erfüllst, manchmal umrührst, aber immer bereicherst. Danke auch, dass Du das Lektorat übernommen hast. Ich komma auf´n Punkt:

Schön, an Deiner Seite so verrückt sein zu dürfen!

Impressum

Raumchaoten Buchreihe Band 1

Verlag:	**Tredition**
	Halenreihe 40-44
	22359 Hamburg

ISBN Hardcover:	978-3-347-07146-9
ISBN Paperback:	978-3-347-07145-2
ISBN Ebook:	978-3-347-07147-6

Cover:	Bernardo P. Luigi
Layout:	Bernardo P. Luigi
Lektorat:	Britt Danielton

Vorwort

Liebe Leserin, lieber Leser dieses Büchleins. Seit ich Kind war, faszinieren mich Weltraumabenteuer. Als Neunjähriger durfte ich live im Schwarz/weiß TV die Mondlandung mitverfolgen. Ein Erlebnis, dass mich und meine Fantasie bis heute begleitet. In meinen Berufen als Raumausstatter, Werbetechniker, Prüfer für Luftfahrttechnisches Gerät und Kaufmann für Bürokommunikation war ich immer auf den Füßen der Realität unterwegs. Eine Augenerkrankung warf mich 2002 allerdings in eine andere Realität mit ungewisser Zukunft. Meine Lust zu designen, zu zeichnen zu malen und zu schreiben, hat es mir aber nicht nehmen können. Nach monatelangem Mobilitätstraining in einem Berufsförderungswerk für Sehbehinderte, einer Psychotherapie, um mit der neuen Situation leben zu lernen und einer Umschulung zum Kaufmann, begann ich wieder kreativ zu werden. In meinen Gedanken war die Flucht ins All immer eine willkommene Reise aus der Realität heraus, die mich diese Zeit hat überstehen lassen. Meine 1981 geborene Tochter hat die Liebe zum Zeichnen übernommen, mein 2000 geborener Sohn die Begeisterung fürs All. Er ist auf dem Weg, Raumfahrttechnik zu studieren. 2015 lernte ich meine derzeitige Lebensgefährtin Britta über Facebook kennen. Meine dort veröffentlichten Bilder interessierten sie und so begann ich aus dem Bauch heraus für ihre „Rattenfänger Geschichte" zu zeichnen. Im Dezember 2016 begegneten wir uns das erste Mal persönlich, bei einer von ihr gestalteten Märchenlesung. 2017 zogen wir aus eher pragmatischen Gründen zusammen. Die Umstände zu erklären, würden ein eigenes Buch füllen. Mittlerweile haben wir uns lieben gelernt und wohnen zusammen in einem Haus, das von vielfältiger Kreativität geprägt ist. Gemeinsam bilden wir ein kreatives Team im GOLDRATTE CHARITY DESIGN Label. Mit unseren selbst kreierten Produkten und mit Designs von Künstlern aus aller Welt, unterstützen wir soziale Projekte, wie z. B. ein Waisenhaus auf Haiti, dem ärmsten Land der westlichen Hemisphäre. Meine Gefährtin, Britta Daniel-Tonn, ist ebenfalls Autorin und hat in „GRIMMS-NEUE-MÄRCHEN 2.0" alte Märchen Gewaltfrei, Kinder- und Tierfreundlich neu erzählt. Das Neue, „GRIMMS-NEUE-MÄRCHEN 3.0", wird nun von mir illustriert. Sie hat mich von Anfang an ermutigt, meiner Kreativität freien Lauf zu lassen, zu träumen und den Blick in andere Realitäten zu wagen und meine Geschichten zu veröffentlichen. In diesem Buch beginnen nun die mit teilweise derbem Humor erzählten Abenteuer des Frachterkapitäns Tim Hintermoser und seiner teils skurrilen Mitstreiter. Es wäre mir eine große Freude, Ihnen mit dieser Fortsetzungsgeschichte eine amüsante Kurzweil zu bescheren. Lassen Sie sich entführen in eine fiktive, nicht ganz ernst zu nehmende Zukunft, gespickt mit Humor und illustren Charakteren. Vielleicht kommt Ihnen der/die eine oder andere sogar bekannt vor. Eine Ähnlichkeit mit lebenden Personen ist allerdings keinesfalls beabsichtigt.

Viel Vergnügen

Bernd Plöger, im Mai 2020

Kapitel

Ungebetener Besuch

Er hing schon wieder mit der Hand im Kabelsalat hinter der geöffneten Schalttafel fest. „Scheiße!" Er sah nicht, was seine Hand gerade tat, oder was sie ertastete. Dennoch versuchte er, mittlerweile schon einem Herzinfarkt nahe, den vom Kabelschuh gerutschten Draht wieder an seinem zugedachten Platz zu befestigen, ohne den die Kabinendruckanzeige im Hauptmenü falsche Werte lieferte. „Verdammte Scheiße!" Zwei kleine Stromschläge und ein paar Kratzer auf der Hand weiter und er hatte es endlich geschafft. Zum dritten Mal heute. „Die Gentechnik schafft es heutzutage sogar, dass Mülleimer fliegen können!", fluchte der völlig entnervte Tim vor sich hin. Er ging zu einer Art Kaffeeautomat und bestellte per Stimmenindikator Baccardi-Cola. Rülpsend spuckte der Apparat eine Flüssigkeit in einen Pappbecher, deren Aussehen aus Pietätsgründen hier nicht näher beschrieben werden soll. Er dankte dem Blechkellner mit einem Gegenrülpser und warf sich mit dem Drink in der Hand in den quietschenden, ausgeleierten Kommandosessel. Mit einem lauten Knall löste sich die Gasdruckfeder im Sitz und Tim schoss zehn Zentimeter in die Höhe. Seine verblichene, ehemals braune Lederhose bediente sich kräftig an seinem Getränk. Scheiße, hatte er die Schnauze voll heute. Selbst zum Fluchen hatte er keine Lust mehr. Der alte Raumfrachter aus zweiter Hand (Tim Hintermoser hatte das Schiff aus dem Fundus einer aufgelösten Armee günstig ersteigert), der eigentlich für acht Mann Besatzung gedacht, jetzt aber nur von ihm und Kurt,

6

seinem Techniker, besetzt war, dümpelte nun schon seit sechzehn Jahren zwischen Erde und Mars hin und her. Dreitausend Tonnen Erz im Dreimonats Rhythmus. Tim drückte auf den Knopf des Interkom. „ Rülps,… Kurt, du alte Saufnase, wo steckst du schon wieder?" „ Hinter dir"! Der kauzige Kapitän erschrak so sehr, dass sich nun auch der Rest aus seinem Pappbecher verabschiedete. Kurt, zweiundvierzig Jahre alt, hatte meist den Blick eines Dackels im Delirium, aber jetzt musste sogar er grinsen. Leise, versteht sich, wer blamiert schon gerne seinen Chef. Tim brachte nur: „ Schei….Schei…Schhhhh." hervor, worauf Kurt artig „ Gesundheit!"antwortete. Ohne sich der Situation oder einem blöd glotzenden Kurt Kaschumke zu stellen, verließ Kapitän Tim Hintermoser (dessen Eltern aus Bayern stammten) die Brücke, um sich in seinem Quartier vollaufen zu lassen. Eigentlich war dies ein Tag wie jeder andere. Jeder verdammte Tag in dieser durchs All trullernden Blechdose war durch kleine bis mittlere Katastrophen geprägt. Wenn nicht gerade mal wieder das Schiff kurz vor der Explosion stand, waren Kurt oder er die Opfer der, wie auch immer zustande kommenden, Attacken. Ein Rülpser vor seiner Kabine ließ die Tür zur Seite gleiten. Er war mächtig stolz darauf, den Bordcomputer auf seine ureigene Art programmiert zu haben. Ein kurzer Furz im Innern und die Tür glitt wieder zu. Das Licht ging automatisch an, das Barfach in der Wand über dem Bett öffnete sich und eine mechanische, weiblich klingende Stimme säuselte: „Piss nicht wieder daneben, wenn du nachher wieder voll bist, alter Sack!"

Tim grinste. Das war seine Hommage an die moderne Technik. Tim dachte wie so oft an die Worte seines Vaters, der ihn immer eindringlich davor gewarnt hatte, in die Raumfahrt zu gehen. „Vielleicht hatte der alte Bazi doch Recht", dachte Tim. Aber was hätte er werden sollen auf dem bekifften, durchs All eiernden Erdball? Vielleicht Wärter im Hofbräuhausmuseum? *„Ach Scheiße, hier oben habe ich wenigstens nachts im Vollrausch meine Ruhe".* Tim hatte den letzten Gedanken kaum zu Ende gedacht, als ein fürchterlicher Schlag das ganze alte Schiff erschütterte. Die weibliche Computerstimme kündigte sich wie programmiert mit einem Rülpser an „Achtung, alte Kanalratte von Kapitän, Hüllenperforation in Deck 7 hinter der Scheißhausabteilung. Fremdkörper verschließt Hüllenbruch, Leckreparaturroboter latscht bereits zum Unfallort". Tim stand senkrecht. Er hatte vielleicht doch etwas bei der Computerprogrammierung übertrieben. „Was für ein Fremdkörper steckt in unserer Blechschachtel, verdammter Dreck?" „Nein Cheffchen, kein Dreck, ein pottaschianisches Kleinstshuttle mit einer Lebensform an Bord." „Wie bitte?", brüllte Tim, „was für eine Lebensform?" „Schätze weiblich", säuselte die Computerstimme, „sind Titten dran." „Das fehlte noch! Bewaffnet?" „Leichter Ballermann, kaum tödlich." Tim rülpste und furzte sich aus seiner Kabine. Ja, er musste doch etwas an der Programmierung ändern. Ein grünes Lauflicht in Augenhöhe an der rechten Gangwand wies ihm den Weg zur Unglücksstelle. „Kacke, ne Tussi vom Planeten Pottasche", fluchte Tim auf dem Weg zum

8

Unfallort. Das war genau das, was er jetzt am wenigsten gebrauchen konnte. Die Pottaschianer waren ein pingeliges Völkchen. Er sah sich schon mit Schürze und Staubwedel durch seine Kabine flitzen, während die Pottaschianerin peinlichst darauf achtete, dass er ja keine Ecke ausließ. Er konnte sich in den nächsten drei Wochen keinen Umweg erlauben, um die Alte wieder loszuwerden. „Na, der reiß ich erst mal gewaltig den Arsch auf". Als Tim in den Gang einbog in dem das Shuttle aus der Decke baumelte, war Kurt schon damit beschäftigt, der Pilotin aus dem Cockpit zu helfen, wobei die Gute sichtlich die Nase über den feinen Geruch ihres Helfers rümpfte. „Lass sie fallen!", brüllte Tim, wütend darüber, dass er wieder mal hinterherhinkte. Die Shuttle Pilotin stand mittlerweile auf ihren Füßen und strich sich ihre schneeweißen, langen Haare glatt. In ihrem hautengen, grünen Overall sah sie aus wie eine Stange Porree. Zugegeben, wie eine hübsche Stange Porree. Tim suchte unbewusst mit seinen müden Augen krampfhaft nach den Titten, von denen der Bordcomputer gesprochen hatte, aber die waren wohl gut verschnürt. Na ja, in dem winzigen Shuttle war auch wirklich wenig Platz. „Kurt, du hast genug Charme verspritzt, hau ab an deinen Arbeitsplatz", knurrte Tim sauer. Wieso war Kurt immer schneller am Ort eines Geschehens als er? Er war doch der Chef hier! „Lady, kann ich erfahren, wieso Sie meine Mülltonne anbohren ohne sich vorher anzumelden?" Die Pottaschianerin sah ihn etwas verdutzt an. „Verzeihung Sir", heuchelte Sie, „mein Name ist Else van Kloppen,

Vorsitzende der pottaschianischen Freiheitsbewegung. Leider hatte ich keine Gelegenheit, Sie über meinen Besuch zu informieren. Darf ich wissen wer Sie sind, verehrter Herr?" War die Tussi einfach nur höflich, oder wollte sie ihn verarschen? *„Verehrter Herr"*, das hatte er ja im Leben noch nicht gehört. „Ich bin kein geringerer als Tim Hintermoser, Kommandant dieses beeindruckenden Raumfrachters und Vorsitzender der fähigsten Crew dieser Galaxis". Tim klemmte die Daumen hinter seinen Gürtel, warf sich in die Brust und grinste selbstgefällig sein Gegenüber an. „Ach", grinste Else zurück, „Dann war der zuvorkommende, gut aussehende Gentleman eben wohl Ihr erster Offizier?" Gerade als Tim verärgert losfluchen wollte, rumpelte klappernd und scheppernd der Reparaturroboter den Gang entlang. Tim drehte auf dem Absatz um und ging. „Folgen Sie mir in die Messe", brummelte er der Pottaschianerin im Gehen zu. Nachdem Tim sich und seine unfreiwillige Begleiterin in die Messe gerülpst und gefurzt und ihr Platz angeboten hatte, zog er zwei, wie er sie nannte, leichte Drinks aus dem Automaten. Wohl wissend, dass schon ein Schlückchen davon jeder Frau die Nylons kräuseln ließ. Else von Kloppen bedankte sich, noch entrüstet über die Art der Türsteuerung, setzte das Glas an und leerte es in einem Zug. Sie lächelte selig und Tim fiel die Kinnlade herunter. Trotzdem sagte er kein Wort, hatte sie ihn doch gerade so richtig vorgeführt. Er ließ sich nichts weiter anmerken. Tim setzte sich zu Else an den Tisch. „Nun erzähl mal Mädchen, warum sitzt du jetzt an meinem Tisch? Hat bei deinem Bollerwagen die Lenkung versagt?" Else lehnte sich zurück, bemüht, nicht loszuplatzen. Sie zog es erstmal vor, den Reißverschluss ihres Overalls bis zum Bauchnabel herunterzuziehen. Selbstverständlich trug sie noch eine Art weißes T-Shirt darunter. Tim traten fast die Augen aus den Höhlen, denn so befreit kam ihre stattliche Oberweite endlich zur Geltung. „Hab ich´s nicht gesagt?". flötete die Computerstimme leise in den Raum. „Wie bitte". fragte Else etwas irritiert, wobei ihr natürlich Tims Blick auffiel. „Äh, oh, ne, ne, geht um was anderes.", log Tim mehr als schlecht mit zittriger Stimme. „Sie, äh, haben meine Frage noch nicht beantwortet." Else bat um einen zweiten Drink, stürzte auch diesen sofort hastig hinunter, wobei Tims Respekt ihr gegenüber sichtlich stieg, und fing zu erzählen an. „Wie ich schon sagte, bin ich Vorsitzende der pottaschianischen Freiheitsbewegung, eigentlich ein Ehrenamt in einer nicht benötigten Vereinigung, die aber in unserer Geschichte eine lange Tradition hat. Doch in letzter Zeit häuften sich die Gerüchte, unsere Regierung würde von konservativen Kräften unterwandert und die Gesetzeslage hinsichtlich der Meinungs- und Umgangsfreiheiten könnte unvorhergesehen gestrafft werden." Tim versuchte ihrer „anständigen" Ausdrucksweise zu folgen. Sie fuhr fort: „Wir hatten in der Vergangenheit schon öfter von einer Gruppe gehört, die sich „Die Traditionisten" nennen. Wir haben dem aber keine große Bedeutung beigemessen. Solche Meldungen von irgendwelchen Weltveränderern geistern schließlich ständig durch die Medien. Dass gerade diese Gruppierung

11

unterschwellig so viel Macht aufbauen konnte, damit hat niemand gerechnet. Es wird sogar gemunkelt, dass Regierungsmitglieder darin verstrickt sein sollen." Tim lauschte angestrengt. Er hatte schon wieder Durst, wollte sein Gegenüber aber nicht unterbrechen, was ihm vor einer halben Stunde noch völlig egal gewesen wäre. „Na, ja, als unsere Freiheitsbewegung endlich begriff, dass sie hier vor einem echten Problem stand, war es bereits zu spät. Wir haben noch versucht, die Bevölkerung zu mobilisieren und öffentliche Proteste veranstaltet, doch vergebens. Die letzten Aufstände wurden blutig niedergeschlagen, die Bevölkerung ist eingeschüchtert und die meisten Mitglieder der Freiheitsbewegung wurden verhaftet. Einem Regierungssprecher ist es schließlich noch gelungen, mir eine Liste der möglichen Beteiligten des Putsches zukommen zu lassen. Es hat ihn das Leben gekostet und ich konnte in letzter Minute fliehen. Kurz nachdem ich den Orbit von Pottasche verlassen hatte, wurde mein Shuttle von einem Elektronikstörer getroffen. Deshalb geriet das Steuerungsprogramm völlig durcheinander und ich parkte unfreiwillig in Ihrem, wie nannten Sie es? Mülleimer." Else sah plötzlich erschöpft aus und Tim hatte tatsächlich ein bisschen Mitleid mit der hübschen Weißhaarigen. „Haste noch Dur... äh, entschuldigung, darf ich Ihnen noch etwas zu trinken anbieten?" „Ja Bitte. Aber Sie müssen nicht so höflich sein. Sie haben ja Recht, wenn Sie verärgert sind, doch ich hatte keine Wahl." „Schon gut, der Roboter wird das Loch inzwischen gestopft haben und Ihr Shuttle wird er in den

Hangar verfrachten. Ich gebe ihm noch die Order, sich die Steuerung vorzunehmen. Aber wenn ich Sie richtig verstanden habe, kann es durchaus sein, dass nun auch auf uns geballert wird?" „Wenn die Traditionisten herausbekommen, dass ich hier an Bord bin, durchaus." „Okay, Lady, wo kann ich Sie so schnell wie möglich abladen, falls Ihr Shuttle nicht mehr zu reparieren geht?" „Ich war auf dem Weg nach Gully Sieben, dort habe ich Freunde, die mir und vor allem unserem Planeten helfen können. Ich muss so schnell wie möglich dort hin." „Was?" ‚platzte Tim los, „nach Gully Sieben? Das liegt vier Lichtjahre neben meiner Frachtroute, das kostet mich locker 20.000 Gnubbel!" „Dann wird Pottasche einer Gewaltherrschaft wohl nicht mehr entgehen können." Mit Tränen in den Augen beendete Else van Kloppen ihren letzten Satz. Tim war völlig in der Zwickmühle. Einerseits verlor er eine Menge Kohle und vielleicht sogar einen Kunden, wenn er Else jetzt nach Gully Sieben brachte. Andererseits war er mit ihr an Bord eine Zielscheibe für ein paar gewalttätige Idioten, sollte ihr Shuttle nicht mehr flugfähig sein. Er hatte aber auch Skrupel, die zierliche Frau mit dem, zugegeben, nicht schlechten Vorbau alleine im Shuttle die Flucht fortsetzen zu lassen. „Okay," seufzte er schließlich, „ich bringe Sie nach Gully Sieben. Vielleicht hat ja irgendeiner Ihrer Kumpels dort ein bisschen Spritgeld übrig, ich weiß nämlich nicht, ob ich mir danach noch eine Fahrt leisten kann." Else van Kloppen konnte gar nicht glauben, was Tim gerade gesagt hatte. „Ich setze mich persönlich dafür ein, Kapitän, dass Sie für diesen Dienst entlohnt werden." Und ohne Vorwarnung fiel sie Tim um den Hals. „Jaaa...", dachte Tim verzückt, „jetzt „spüre" ich sie auch." Tim wies wie versprochen den Roboter an, das Shuttle zu reparieren. Dann gab er Kurt den neuen Kurs vor und befahl diesem, nach Eingabe der neuen Flugroute ein Bad zu nehmen und sich zu rasieren. Kurt verstand die Welt nicht mehr. Die weißhaarige Schöne musste eine Hexe sein, anders konnte er sich diesen Sinneswandel seines versoffenen Chefs nicht erklären. Tim führte Else zu der saubersten freien Kabine die er finden konnte. Es brauchte so seine Zeit, und eine Stunde später stand sogar er rasiert, geduscht und mit sauberem Dress auf der Brücke, neben einem nach Seife duftenden Kurt. Dieser Kurt zuckte und räkelte sich in seiner sauberen Kluft, als hätte er ein paar Wanzen und Flöhe mit angezogen. Dabei war er es nur nicht mehr gewohnt, klinisch rein herum zu laufen. „So, mein guter Kurt, jetzt sind wir also auf dem Weg nach Gully Sieben." Kurt sah seinen Boss verstört von der Seite an. „Was´n eigentlich los, Chefchen, hat die Tussi dir was in den Whiskey geschüttet?" Er nahm einen Schluck aus seinem Flachmann, quälte sich einen Rülpser raus und wartete gespannt auf die Antwort. Ehe er sich versah, hatte Tim ihm den Flachmann aus der Hand genommen und in seiner eigenen Jackentasche verstaut. Kurt glotzte auf seine leere Hand. „Mein lieber, versoffener Kurt", sinnierte Tim mit wedelnder Hand, „wir haben jetzt Titt... eine Dame an Bord und eine Mission dazu." *„Scheiße auch!"* ‚Dachte Tim angesäuert. Auf was hatte e sich da eingelassen. *„Das war wohl das Ende des* *gelassenen Rumtrudelns zwischen den Planeten und den Whiskey Portionen."* Tim ließ den Bordcomputer die Route und die Zeit berechnen, die sie bei diesem Umweg verlieren würden. Sie hätten niemals die Chance, in der geduldeten Karenzzeit die Fracht an ihren Bestimmungsort zu transportieren. Er ließ den Computer auch gleichzeitig glaubhafte Ausreden auflisten, um so wenigstens nicht die Frachtlizenz zu verlieren. Der materielle Schaden würde für ihn trotzdem immens sein. Die ganze Zeit über, während der Bordcomputer arbeitete, hatte er ihn auf sein Display vor seinem Kommandantensessel beschränkt und die Stimme abgestellt. Die Flüche und Sprüche, die die weibliche Stimme des Computers dauernd vom Stapel ließ, wollte er Else nicht hören lassen. *„Verdammt, ich muss den Kasten umprogrammieren!"* Trotz aller Unbill, die Tim zu erleiden glaubte, war er irgendwie froh, dass der Unfall passiert war. Zum ersten Mal seit vielen Jahren hatte er eine Aufgabe, die eine gewisse Gefahr in sich barg und einen Instinkt in ihm weckte, den er längst verloren geglaubt hatte.

*

Seid dem Shuttleeinschlag waren acht Stunden vergangen. Tim ließ den Computer regelmäßig den Weltraum scannen, doch bis jetzt waren keine feindlichen Schiffe in Sicht geraten. Elsa hatte sich in ihre Kabine zurückgezogen, um Aufzeichnungen zu machen und Tim arbeitete an einem neuen Programm für den Bordcomputer. Er musste den Sprachgebrauch von Grund auf ändern, wollte aber einen gewissen Jargon erhalten. Es ging ihm dann doch zu weit, dem Computer Manieren beizubringen. Auch wenn er Else van Kloppen zugegebenermaßen sehr anziehend fand, auf ihr Niveau wollte er nicht klettern. Man hatte ja schließlich einen Ruf zu verteidigen und er wollte auch keinen meuternden Kurt an Bord. Dieser begegnete ihm jetzt sowieso mit einigem Argwohn. Tim hatte sich bei der Programmierung des Computers einen Kopfhörer aufgesetzt. Falls Else unverhofft um die Ecke bog, sollte sie die Konversation nicht unbedingt mitbekommen. „Was fummelst du eigentlich an mir herum?", fragte die Computerstimme ärgerlich, „spiel doch mit den pottaschianischen Ballons." Der Computer war natürlich mit einem Selbstdiagnoseprogramm ausgerüstet. Die Routinen, die bei jedem Eingriff abliefen, hatte Tim selbst verfeinert, um unbefugte Umprogrammierungen zu verhindern. Das rächte sich jetzt. Trotz dem Tim alle programmierten Sperren löschte, schaffte es der Computer rechtzeitig, ein Backup der derzeitigen Systemeinstellungen zu produzieren und dieses so in selbstmodulierende Subroutinen einzubinden, dass auch der erfahrenste Informatiker diese nicht würde aufspüren können. *„Du pinkelst mir nicht ans Bein, du Saufsack"*, formulierte der Computer tonlos. Dann schaltete er unschuldig auf die neuen Routinen um. Tim war zufrieden. Ja, er hatte diese alte elektronische Blechdose voll im Griff. Die Türen öffneten und schlossen sich jetzt auf ein räusperndes Husten, sein Barfach gab den Inhalt auf einen kurzen Pfiff hin frei. Die Fäkalsprache des Rechners hatte er auf ein Minimum reduziert. Mehr Zugeständnisse war er nicht bereit einzugestehen. Noch vor ein paar Stunden hätte er nicht geglaubt, dass seine Lethargie je ein Ende haben würde. Jetzt hatte er sich in kürzester Zeit verändert, und das nicht nur äußerlich.

*

Kurt inspizierte, geschniegelt wie in seinem bisherigen Leben nicht, das abgedichtete Leck des Shuttle-Einschlags. Der Reparaturroboter hatte ganze Arbeit geleistet. Sogar eine neue Deckenverkleidung hatte er montiert. Kurt wunderte sich, dass solche Ersatzteile auf diesem Kahn überhaupt vorhanden waren. Er war sichtlich verärgert. So war sein Chef noch nie mit ihm umgesprungen. Gut, er war immer ein übelgelaunter Säufer gewesen, aber dass er Kurt dazu drängte, sich zu baden und ihm dann noch seinen Flachmann wegnahm, das war dann doch zu viel des Guten. Auch die sporadisch im Schiff verteilten Getränkeautomaten waren mittlerweile umprogrammiert und gaben keinen Alkohol mehr frei. Alle, sogar der, den er selbst im Frachtraum XI als eiserne Reserve versteckt hatte. Da er aber auch diesen am Bordnetz installieren musste, um ihn am „Leben" zu erhalten, hatte die Umprogrammierung auch ihn erreicht. Ja, Kurt war sauer, stinksauer. Wenn die blöde Tussi Tim mit ihren Möpsen auch das Hirn verdreht hatte, er wollte sein Leben deshalb nicht auf den Kopf stellen lassen. *„Irgendwie",* dachte er, *„komme ich schon an den Sprit ran! So viele Jahre dümpeln wir jetzt friedlich gemeinsam in dieser alten Schüssel durchs´s All und plötzlich soll sich alles ändern?"* Ja, Kurt war stinksauer! Else hatte sich inzwischen bei Tim auf der Brücke eingefunden. Tim hatte nur darauf gewartet, wollte er doch stolz seinen umprogrammierten Computer präsentieren. Just in dem Moment, als Else van Kloppen die Brücke betreten hatte, schaltete Tim den Rechner auf laut. Tim räusperte sich hüstelnd und dezent glitt die Brückentür hinter Else zu. Tim grinste zufrieden. „Ach, Synthetisierung geändert?" säuselte Else. „Ja, schick nicht wahr?",antwortete Tim selbstgefällig. „Und ich habe vorhin", fuhr Else fort und errötete dabei leicht, „na ja, ich habe versucht, die Tür nach Ihrer Methode zu öffnen und zu schließen, musste sie dann aber doch manuell betätigen." Tim versuchte erst gar nicht sich vorzustellen, wie das bei dieser graziösen Dame geklungen haben mochte. Elsa nahm neben Tim auf einem zweiten Sessel Platz. Tim hatte sogar ein wenig aufgeräumt und alle zerknüllten Becher, leeren Flachmänner und Essensreste entfernt und das Turbosaugprogramm des Schiffes laufen lassen. Dabei wurden Bodendüsen geöffnet, die auf der einen Seite der Brücke über den Boden bliesen und auf der anderen Seite mit starkem Unterdruck alles aufgewirbelte aufsaugten, um es danach in den Weltraum zu blasen. Sicher, keine umweltfreundliche Methode, aber das hier war ja auch ein alter Pott. Leider gingen bei dieser Aktion auch ein lange verloren geglaubter, teurer Kugelschreiber und ein Speicherstift mit netten Internetbildchen verloren, aber der Sauger machte da keinen Unterschied. Während des Vorgangs musste die Brücke auch komplett geräumt werden. Else setzte sich und der alte Sessel gab ein wenig quietschend nach. „Keine Bange", lächelte Tim ihr zu, „das Teil hält." Else lächelte gequält zurück und als sie ihre Hände auf die Armlehnen stützte, blieb sie an irgendeiner undefinierbaren Substanz kleben. „Igitt!", entfuhr es ihr mit angeekeltem Gesicht. „Tschuldigung", entgegnete Tim etwas angenervt, „soweit war ich noch nicht mit dem Frühjahrsputz!" Da hatte er sich in der kurzen Zeit so viel Mühe gegeben, und trotzdem war Madam nicht zufrieden. „Vielleicht kann ich mich ein bisschen revanchieren und Ihnen beim Aufräumen ein wenig zur Hand gehen.", antwortete Else, während sie sich mit ihrem Taschentuch die Hände abputzte. Tim wollte gerade entrüstet protestieren, als sich eine Nische an der rechten Seite der Brücke öffnete und ein Reparaturroboter herausfuhr und die Brücke verließ. „Was soll das denn?",fragte Tim erstaunt. „Ich habe doch gar keinen Auftrag losgeschickt, hier macht auch inzwischen jeder was er will. Und überhaupt, wo steckt eigentlich Kurt?" Tim drückte das Interkom: „Kurt, du alte Saufsch... äh, Offizier Kaschumke, bitte zum Rapport melden, umgehend!" Es krächzte und rauschte ein paar Sekunden lang in der Anlage, dann kam eine Antwort: „Was´n los Cheffchen?", grummelte Kurt aus dem Lautsprecher. „Was fürn

Rappodingsda soll ich machen?" Schulternzuckend, so als wolle er sich bei Else für das Verhalten seines Kollegen entschuldigen, drehte Tim sich kurz zu der Frau um. „Komm einfach auf die Brücke.", gab Tim Kurt zur Antwort und schaltete das Interkom ab. Kurt knurrte kurz, strahlte dann aber über beide Backen, als der Reparaturroboter um die Ecke rumpelte. „Notfallmontage 3XB-4", befahl Kurt dem Blechmechaniker und tätschelte dabei liebevoll den alten Getränkeautomaten. „Rückwand öffnen, Meldeprotokoll einfache Ausführung auf mein Display, dann zurück zur Station."

Der erste Angriff

Fast 20 Minuten später, Tim wollte gerade verärgert wieder ins Interkom brüllen, kam Kurt sichtlich torkelnd auf der Brücke an. „Bin da sum Rabboat, hicks! Was´n wida ma los hier?" Kurt bekam kaum ein sinnvolles Wort heraus. „Kurt, du verdammter Hurensohn!", brüllte Tim über die Brücke, ohne an die anwesende Dame zu denken. „Wo zum Teufel hast du den Sprit her?" Tim wusste doch genau, dass er alle Automaten blockiert und die offenen Vorräte in seiner Kabine eingeschlossen hatte. Im selben Augenblick öffnete sich die Tür zur Brücke und der Reparaturroboter rumpelte herein und verschwand wieder in seiner Nische. „Du elender Halunke hast einen Automaten aufschweißen lassen? Na, Deine Stimmcodierung werde ich aus dem Computer löschen, darauf kannst du Gift nehmen. Und jetzt verpfeif Dich in Deine Kajüte und schlaf Deinen

Rausch..." weiter kam Tim nicht, denn plötzlich wurde der gesamte Blechhaufen von Frachtschiff durch einen gewaltigen Schlag erschüttert. So sehr, dass Else aus ihrem Sessel purzelte und Kurt unsanft auf seiner glühenden Whiskeynase landete. „Verflucht!", keuchte Tim völlig überrascht und erschrocken, „was zum Henker war das denn?" „Störfeldbeschuss auf Hecksektion 7" säuselte die Computerstimme. „Habe aber rechtzeitig Schilde aktiviert, sind auf 97 Prozent." „Die Traditionisten.", hauchte Else verstört. „Sie wissen, wo ich bin!" Plötzlich war der noch vor kurzem so versoffene Tim Hintermoser hellwach und reagierte sofort. Er schaltete alle Systeme auf Alarm, führte zusätzliche Energien in die Schilde und aktivierte die Waffensysteme des Schiffes, die schon seit ewigen Jahren nicht mehr zum Einsatz gekommen waren. Da es sich bei diesem Schiff in erster Linie um einen Frachter handelte, waren die Waffen an Bord nicht sehr üppig ausgefallen, aber wirkungsvoll waren sie allemal. „Computer", sprach Tim jetzt ungewohnt konzentriert, „Angreifer lokalisieren und als Zielpunkt fixieren, bei Erfassung ohne Freigabe feuern." „Wie Sie wünschen, Chefchen.", flötete die Computerstimme, als ginge es um ein lustiges Spielchen. „Auf jeden Fall", sagte Else und versuchte ein Lächeln, „ist Ihre Wortwahl jetzt salonfähiger." Trotzdem dachte Tim daran, dem Computer die Respektlosigkeit auch noch auszutreiben, sollten sie heil aus dieser Sache herauskommen. Rumms! Wieder eine Erschütterung, wieder ein Einschlag, diesmal jedoch nicht so heftig. Die Verstärkung der Schilde hatte sich gelohnt. Kurt hatte sich inzwischen auch aufgerappelt und war neben Tim getorkelt, irgendwie begriff er gar nicht, was da gerade geschah. Tim hatte die vorderen Cockpitfenster mit heruntergelassenen Titantafeln verschlossen und darauf ein Monitorbild projiziert. Jetzt konnten sie die Angreifer auch sehen. Drei Jagdschiffe mit jeweils fünf Mann Besatzung, wie sie sonst nur von Raumpiraten benutzt wurden. Else war richtig blass geworden, fast hatte ihr Gesicht die Farbe ihrer Haare angenommen. *„Wie eine Stange Porree.*, ‚musste Tim wieder unweigerlich denken. „Das sind die Typen, die mich verfolgt haben. Bitte Kapitän, wir müssen ihnen irgendwie entkommen. Die Informationen, die ich habe, dürfen unter keinen Umständen verloren gehen." „Ich tue was ich kann, Lady. Aber wir sind ein Frachter, kein Kriegsschiff." Der Computer hatte inzwischen die Waffensysteme hochgefahren und auf die angreifenden Jäger moduliert. Tim sah auf dem Bildschirm die Lichtblitze der abgefeuerten Laserschüsse auf die Jäger zurasen. Die Jäger wichen ebenso blitzschnell aus. Die modernen Schiffe besaßen ein automatisches Ausweichsystem, aber die Laserwaffen auf Tims Raumfrachter konnten durch den Computer ständig remoduliert werden, und das in einer Geschwindigkeit, bei der die meisten Ausweichsysteme versagten. Tim selbst hatte dieses Extra programmiert. Der dritte Schuss saß. In einem grellen, lautlosen Lichtblitz gefolgt von einer wolkenartigen Verpuffung, löste sich einer der Jäger in Wohlgefallen auf. Wie auf Kommando nahmen die zwei

Übrigen plötzlich Abstand. „Ja", schrie Tim verzückt darüber, dass sein Programm offenbar einwandfrei funktionierte. „Schiffe auf Entfernung 7.1", säuselte die Computerstimme. „Soll ich trotzdem weiterballern, Chefchen?" „Solange die Reichweite eine ausreichende Schusseffizienz ergibt, sollst du natürlich weiterballern. Und ich bin auch für dich der Käpt´n, damit das klar ist." Wieder sausten die Lichtblitze vom Frachter weg in Richtung der Jäger, aber die Dinger waren erstaunlich flink und wichen jedem Schuss aus. Immer wieder erreichten auch den Frachter die Treffer der Jäger, doch die Schilde hielten erstaunlich gut und verloren nur minimal an Stärke. „Computer", sagte Tim ruhig. Sein Gesichtsausdruck verriet, dass ihm eine Idee gekommen war. „Kannst du eine Wahrscheinlichkeitsrechnung durchführen, die genau zwischen zwei Schüssen ermittelt, wo der Jäger sich in der nächsten halben Sekunde hinbewegt, auf den du gerade schießt?" „Ich kann's ja mal probieren.", antwortete die Computerstimme sichtlich beleidigt. *„Denkt der Käpt´n etwa, er hätte es nur mit einem C64 zu tun?"* Man hatte den modernen Computern eine Art eigene Identität verpasst. So waren sie fast in der Lage, menschliche abstrakte Denkweisen zu simulieren, was sich in manchen Gefechten als sehr effektiv erwiesen hatte. Doch manchmal nervten die Computer gerade deswegen aber auch. Vor allem, wenn die Computer mit weiblicher Identität ausgestattet waren. Ein Vorgängermodell des Typs, der in Tims Frachter Verwendung fand, hatte sogar einmal sein Schiff samt

Besatzung in die Luft gejagt, weil sein Kapitän den Heiratsantrag des Computers abgelehnt hatte. Monatelange Umprogrammierungen hatten solche Vorkommnisse nun angeblich unmöglich gemacht. „Wahrscheinlichkeitsrechnung gecheckt und für äußerst wahrscheinlich befunden,", piepste die Computerstimme schnippisch. Die Stimme kam nicht etwa aus einem Lautsprecher, vielmehr erfüllte sie den Raum immer gleich klingend, egal wo man sich gerade befand. Eine technische Innovation, die erst mit der Fertigstellung des Frachters serienreif gewesen war. Damals topmodern, heute, wie der Frachter, veraltet. Heutige Computer konnten eine Stimme im Kopf des Menschen erzeugen, für den die jeweiligen Worte galten. Niemand sonst konnte dann mithören. Es sah dann manchmal schon sehr merkwürdig aus, wenn mitten auf den Gängen Leute stehen blieben, plötzlich zu grinsen, zu heulen oder zu reden anfingen, obwohl sie sonst niemanden bei sich hatten. „Nun gut", antwortete Tim, ohne auf die Laune des Computers einzugehen, „dann rechne mal und feuere drauf los." Gespannt starrten Else, Tim und der immer noch angesäuselte Kurt auf den Bildschirm vor ihnen. Die Jäger zogen in sich kreuzenden Bahnen in einiger Entfernung vor der Frachternase hin und her. Plötzlich wieder ein Blitz, der vom Frachter aus auf einen Jäger zuschoss, kurz darauf ein zweiter Blitz, der eine etwas andere Richtung einschlug. Das mögliche Ziel reagierte auf den ersten Schuss, beschleunigte in einer leichten Linkskurve und raste genau in den zweiten Schuss hinein.

„Treffer, versenkt!", jubelte Tim und sprang vor Entzücken sogar von seinem Sessel hoch. „Danke, altes Mädchen. Super Schuss." „Oh, bitte mein lieber",flötete der Computer zurück. Die Stimme klang ein wenig stolz. „Aber das „alte", habe ich überhört." Keine zwei Minuten später hatte der Computer auch den letzten Jäger aus dem All gefegt. „Ha, ihr Arschkrampen habt euer Fett abbekommen!", jubelte Tim ausgelassen. „Freuen Sie sich nicht zu früh", entgegnete Else mahnend, „die Jäger haben bestimmt noch einen Funkspruch an die Basis abgesetzt, es werden nächstes Mal noch mehr kommen." „Furzverdammter Dreck, da ham se natürlich wieder mal recht", ärgerte sich Tim, „wir sollten sehen, dass wir hier wegkommen. Computer, Energie aus den Waffen in den Zusatzantrieb leiten und dann nichts wie weg hier." „Alles klar, Chefchen, Energie umgeleitet. Bitte festhalten oder anschnallen, ich gebe jetzt Gas." Ein kurzes Rütteln lief durch das Schiff, sonst war nichts zu spüren, lediglich die Sterne zogen schneller am Schiff vorbei. Sonst spürte man die Überlichtgeschwindigkeit nicht. „Frau van Kloppen, Kurt, wir gehen in die Messe, wir müssen reden. Ach ja, Kaschumke, bring was von deinem ergaunerten Gesöff mit, ich denke, jetzt können wir alle einen gebrauchen." Kurt konnte sich ein Grinsen nicht verkneifen.

*

In der Messe verteilte Kurt pflichtbewusst und ohne weitere Aufforderung eine Runde Whiskey auf Cola und stellte die Flasche vorsichtshalber neben seinen Sitzplatz. „Frau van Kloppen", begann Tim nachdenklich, „die Informationen, die Sie haben, können wir die nicht zu Gully Sieben rüberfunken? Dann wären wir den Stress los und ihre Kollegen hätten die Daten schnell vor Ort, um entsprechend reagieren zu können." „Ja, das wäre der einfachste Weg. Aber ich bin mir sicher, dass jeder Datentransfer abgefangen wird und wir auf keiner Frequenz ungehört senden können. Und eine Funkübertragung garantiert nicht die Echtheit der Daten, man würde sie in Frage stellen können. Ich muss die handgeschriebene Liste persönlich abgeben." „Sollten Sie mir dann nicht wenigstens eine Kopie anvertrauen, die ich explosionssicher auf dem Schiff deponieren kann? Im schlimmsten Fall wären die Daten so nicht verloren. Die Blackboxen jedes Schiffes, das verunfallt, werden früher oder später gefunden und ausgewertet werden." „Verstehen Sie mich jetzt nicht falsch, Herr Hintermoser, aber momentan kann ich niemandem trauen, nicht einmal Ihnen." Tim nahm einen kräftigen Schluck aus seinem Becher und knallte ihn anschließend auf den Tisch. „Ja klar, mein Schiff können Sie perforieren und den Arsch dürfen wir uns auch wegschießen lassen, aber trauen tut uns wieder mal keiner." Tim stand auf und verließ verärgert die Messe. „Hoffentlich nimmt er mir das nicht all zu übel", sagte Else besorgt zu dem verbleibenden Kurt, der immer noch etwas angeschickert schien. Doch plötzlich hatte es den Anschein, als wäre er durchaus klar im Kopf. „Keine Sorge Lady, der beruhigt sich schon wieder. Ich kenne ihn jetzt schon mein halbes Leben lang und habe alle seine Launen zu Genüge miterlebt. Wenn es drauf ankommt, kann man sich hundertprozentig auf ihn verlassen. Loyal ist er allemal. Obwohl, das mit den Automaten hatte mich schon stutzig gemacht." Else musste heimlich grinsen. Kurt bekam das aber nicht mit, der hatte seine Nase schon wieder im Becher versenkt.

*

Der uniformierte Kurier zitterte am ganzen Leib, als er auf dem Wege war, dem Boss die Nachricht zu überbringen. Er wusste, zu welchen Reaktionen der altgediente General der pottaschianischen Streitkräfte fähig war. Für diesen Veteran war es ein Verrat, das Pottasche jegliche kriegerische Handlungen ad ‚acta gelegt hatte und nun den friedlichen Planeten mimte. Wo es doch im unendlichen All soviel zu erobern gab. Nun hatte sich der alte Offizier als Anführer der „Traditionisten" emporgeschwungen und war dabei, die Regierung von Pottasche zu unterwandern. Hochrangige Vertreter der pottaschianischen Regierung, die seiner Ansicht waren, unterstützten ihn dabei tatkräftig. Der Kurier klopfte zögernd an die große, schwere Massivholztür des Büros vom General. „Eintreten", polterte es ihm aus dem Büro entgegen. Zaghaft, mit zitternden Knien, trat der Kurier ein, den Blick zum Boden gerichtet. Der General erhob sich aus seinem knarrenden Schreibtischstuhl und trat ein paar steife Schritte auf den Kurier zu. „Was bringen Sie mir für

Nachrichten Soldat?",fragte der General in barschem Ton. „Die Jäger", begann der Kurier mit leiser, zittriger Stimme. „Stellen Sie sich gerade und reden Sie laut und deutlich!" ‚fuhr ihn der General barsch an. „Sie sind hier nicht der Vorredner von einem Weiberchor!" Der Kurier hatte keine andere Wahl als zu gehorchen, mit lauter Stimme fuhr er fort, obwohl er sich fast dabei in die Hosen gemacht hätte. „Die Jäger haben ihren Auftrag nicht ausführen können, die Liste ist immer noch im Besitz der Freiheitskämpferin." „Was?", schrie der Alte laut los. „Was soll das heißen, sie haben ihren Auftrag nicht ausführen können? Ich will sofort den Kommandanten der Jägerstaffel sprechen." „Das ist leider nicht mehr möglich." Der Kurier wünschte sich in diesem Augenblick nichts sehnlicher als einen erlösenden Herzinfarkt. „Die Staffel existiert nicht mehr." Der General trat mit überraschend schnellem Schritt auf den Kurier zu, packte ihn mit beiden Händen am Kragen und hob ihn hoch, als wäre er nichts weiter als ein Blatt Papier. Der Kurier bekam kaum noch Luft. „Drei modernste Jäger mit den besten Waffen des Universums an Bord gegen ein winziges, waffenloses Shuttle, wie soll das gehen?" „Das Shuttle wurde schon angeschossen, konnte aber noch fliehen und rammte sich in den Erzfrachter dieses Käpt´n Hintermoser. Die Besatzung holte das Shuttle und die Freiheitskämpferin an Bord." Der General hob den Kurier noch höher. „Sie wollen mir doch nicht etwa erzählen, dass ein ausgeleierter Erzfrachter drei meiner besten Jäger besiegt hat?" Der Kurier keuchte, der General lockerte ein wenig den Griff.

„Dem Funkspruch zufolge, den der Staffelkommandant noch abgeben konnte, führt der Frachter unerwartet ein hochmodernes Waffenarsenal an Bord mit sich." Der General ließ den armen Kurier einfach los, so dass dieser hart auf die Erde plumpste. „Hauen Sie ab und schicken Sie mir umgehend den Befehlshaber der pottaschianischen Sicherheitsflotte, aber dalli!" Der Kurier, dem alle Knochen wehtaten, ließ sich das nicht zweimal sagen. Heilfroh, so glimpflich davon gekommen zu sein, suchte er eiligst das Weite. Der General blieb frustriert zurück. „Tim Hintermoser", dachte er und Wut stieg in ihm hoch. „Da habe ich ihn die ganzen Jahre für einen saufenden Trottel gehalten und nun entpuppt er sich als Mitglied der Freiheitsbewegung. Also kommt auch er ganz oben auf meine persönliche Abschussliste."

*

Tim saß, immer noch angesäuert, in seinem alten, inzwischen reparierten Kommandosessel auf der Brücke und beobachtete peinlich genau den Bildschirm und die Sensoren. Auf den nächsten Angriff wollte er besser vorbereitet sein. Er hatte noch ein paar Kalibrierungen an den Waffen vorgenommen, so dass die Schussfolge um noch ein paar Nanosekunden verkürzt worden war. Er freute sich insgeheim, dass niemand seiner alten Blechdose eine solche Feuerkraft zutraute, das war sein Vorteil. Was die Traditionisten betraf, war dieser Vorteil allerdings nicht mehr existent. Sie waren gewarnt und würden ihn und sein Schiff nun vorsichtiger und hinterhältiger angehen. Viel ärgerlicher war, dass er nun nie wieder in Ruhe mit seinem Frachter hin- und herpendeln würde können. Niemand würde ihm jetzt noch Fracht anvertrauen, er war von nun an ständig den Übergriffen seiner Gegner ausgesetzt. Trotz dem das All unendlich war, so etwas sprach sich in der Gilde schnell herum. Alle Händler würden ihn nun meiden, weil sie Angst um ihre dämlichen Steinklumpen haben würden. Tim hatte Kurt zum Ausnüchtern in dessen Kabine geschickt, besoffen war er ihm in dieser Lage keine große Hilfe. Nüchtern jedoch war auch Kurt ein brauchbarer Mann. Allerdings hatte Tim ihn schon lange nicht mehr nüchtern erlebt. Auch Else hatte sich einen Moment zurückgezogen, um die letzten Erlebnisse zu verdauen. Tim wusste, es war nur eine Frage der Zeit, bis die Traditionisten wieder angreifen würden. Sie konnten nicht zulassen, dass die Freiheitskämpferin mit der brisanten Namensliste den Planeten Gully Sieben erreichte. Und bis dahin war es noch ein weiter Weg, der genügend Gelegenheiten für Angriffe bot. Noch vor wenigen Stunden hätte Tim sich nicht denken können, jemals an solch einer Aktion beteiligt sein zu wollen. Nun aber, trotz aller Gefahren, bot die Situation einen gewissen Reiz, den Tim schon lange nicht mehr gespürt hatte. „Computer, wie lange noch bis Gully Sieben?", fragte Tim, während er angespannt den Bildschirm beobachtete. „Noch drei Tage und einen Furz." jodelte die weibliche Stimme fröhlich. Tim horchte auf. Hatte er in der Umprogrammierung etwas übersehen? „Computer, solange wir eine Dame an Bord haben, möchte ich diese Ausdrucksweise nicht hören, ich muss wohl noch mal an dir arbeiten." „Nicht nötig, Chefchen, ist nur ein bisschen Datenmüll, der beim Löschen hängengeblieben ist. Hab ihn schon rausgefegt." Tim wollte sich in Zukunft auch zusammenreißen, hatte er sich doch vorhin auch wieder etwas in der Wortwahl vergriffen. Auch mit Kurt musste er dringend darüber reden. Verdammt, diese Else war aber auch ein heißer Feger. Sie hatte Mut, konnte saufen und hatte super Ti...eine tolle Oberweite. Ja, sie wäre schon eine Frau für ihn. „Noch drei Tage und einen Furz", hatte der Computer gesagt. Wie hatte Tim sich zu so einem Slang herablassen und es auch noch gut finden können? Auf jeden Fall wollte er den Rechner noch einmal auf Herz und Nieren prüfen. Dieses Fäkalwort hätte überhaupt nicht mehr in dessen Wortschatz auftauchen dürfen. Wie auch immer, drei Tage, in denen sie eine stattliche Zielscheibe abgaben, trotz der effektiven Waffen an Bord. Auch die Schilde würden nicht ewig halten und die Scheiß-Piratenärsche würden beim nächsten Angriff andere Geschütze auffahren. Ein gleichmäßiges: „Beep, beep, beep", kündigte eine Audioverbindung über Interkom von außerhalb des Schiffes an. „Wer um alles in der Welt will jetzt mit mir telefonieren?", dachte Tim, „Mama ruft doch nie auf dem Schiff an?" Er drückte die Annahmetaste auf dem Interkomfeld, eine herrische, arrogante, männliche Stimme meldete sich: „Ich begrüße Sie, Käpt´n, zu ihrer letzten Reise." Tim ahnte, welcher Verein ihn da angepiepst hatte. „Hat ihre minderbemittelte Mutter ihnen nicht beigebracht, sich erst einmal vorzustellen?", äffte Tim ebenso arrogant als Antwort zurück. „Ich bin General Biodiesel und Sie können mich nicht beleidigen", entgegnete die Stimme, „ich kriege Sie, bevor sie Gully Sieben erreichen und dann werde ich Sie und die verdammte Freiheitskämpferin mit Hochgenuss sterben sehen." „Vergessen Sie meinen Kumpel Kurt nicht", entgegnete Tim, scheinbar ohne jede Anteilnahme. Die Stimme aus dem Interkom klang jetzt wütend. „Sie Idiot hätten sich aus den Dingen heraushalten sollen, die Sie nichts angehen, dann hätten Sie unbehelligt weiter Ihre Fracht ausliefern können. Jetzt sind sie im gesamten, bekannten Universum nur noch einen Dreck wert." Tim wusste verdammt gut, dass der Mann am anderen Ende Recht hatte. Trotzdem tat er unbeeindruckt. „Weißt du Penner in der Leitung eigentlich, welche Informationen wir haben? Ihr Arsch hängt loser an Ihrem krummen Rücken als meiner und der Ihrer ganzen verdammten Bande auch." Einen Augenblick lang schwieg das Interkom. Tim hatte den wunden Punkt des Anrufers getroffen. „Diese Informationen", antwortete die Stimme endlich, „sind nicht das Schwarze unter Ihren Fingernägeln wert. Sie werden mit samt Ihrem alten Pott im All verdampfen." „Es sei denn", log Tim und klang dabei hämisch, „wir haben diese Informationen bereits gesichert und weitergegeben." Ein Schnaufen aus dem Interkom zeigte Tim, dass sein Satz die gewünschte Wirkung erzielt hatte. „Jede Verbindung, alle Frequenzen werden von uns überwacht.

Nichts haben Sie gesendet, seit van Kloppen bei Ihnen an Bord ist." „Oh", schwindelte Tim weiter und es machte ihm sichtlich Spaß, „wir haben andere Möglichkeiten, von denen Sie nicht das Geringste wissen. Sie haben ja schon gemerkt, dass auch unsere Waffen nicht für einen alten Frachter typisch sind und die sind nicht das einzige Moderne auf diesem Kutter." Tim konnte förmlich spüren, wie sein Gegenüber fast platzte vor Wut. „Gar nichts haben Sie, außer Bluffen haben Leute Ihres Schlages nichts zu bieten, das erlebe ich immer wieder." „Testen Sie es gerne", sagte Tim kurz und schaltete das Interkom ab, ohne auf eine Antwort zu warten.

*

Wütend drosch der General mit der Faust auf seinen Schreibtisch ein. So hatte es noch keiner gewagt mit ihm zu reden. Aber er würde es diesem hirnlosen Frachterkapitän schon zeigen und ihm seine blasierte Art aus dem Schädel schießen. Aber was war, wenn dieser Hintermoser es tatsächlich geschafft hatte, die brisanten Listen von Bord zu schaffen? Es würde nicht lange dauern, und Sicherheitsgardisten der Regierung würden ihn verhaften wollen. Auch wenn der Befehlshaber der Sicherheitsgarde selbst ein Traditionist war, würde er selbst von seinen eigenen Leuten inhaftiert werden. Seinen Posten hätten sie schnell wieder besetzt, Anwärter lauerten genügend im Hintergrund. General Brutus Biodiesel musste handeln, und zwar sofort. Zwar sollte der

Putsch erst in einer Woche stattfinden, nachdem alle Vorkehrungen getroffen waren. Aber jetzt sah die Sache anders aus. Die niedergeschlagenen Aufstände der letzten Tage konnte er vor der Regierung noch rechtfertigen. Würde aber die Liste bekannt werden, war es das Aus für ihn. Er drückte die Ruftaste des Kommunikators. „Hier Biodiesel. Hubert Hochoktan und Karl Manamana sollen sofort in meinem Büro erscheinen." Biodiesel war fest entschlossen. Hatte er eine Wahl?

Der alte Pott hats drauf

Else hatte sich inzwischen wieder auf der Brücke eingefunden und auch ein sichtlich ausgenüchterter Kurt Kaschumke stand wieder senkrecht. Tim starrte weiterhin auf den Bildschirm, Else hatte die Sensoren übernommen und Kurt kümmerte sich um die Energiekupplungen, die für die Waffen zuständig waren. Kurt war in seinem nüchternen Zustand noch einmal genauestens von Tim informiert und instruiert worden und nun war auch in ihm der Kampfgeist geweckt. Obwohl er sich schon auf einen Schluck danach freute. „Wie lange noch bis Gully Sieben?", fragte Tim den Computer erneut. „Noch zwei Tage und 11 Stunden Käpt´n," antwortete die Stimme jetzt betont höflich. „In dieser Zeit können die Traditionsärsch...äh, die Piraten, noch manchen Angriff starten", sagte Tim besorgt in den Raum. „Computer, können wir noch ein bisschen mehr Tempo rausholen?" „Wenn Sie möchten, dass der Antrieb sich aus der rostigen Hülle löst und uns auf der Brücke überholt, gerne Käpt´n." „Ja, ja, schon gut. Ich weiß selbst, dass das eine überflüssige Frage war, aber man kann's ja mal versuchen." Verdammt, der Computer hatte wirklich zuviel von seinem eigenen Charakter programmiert bekommen. „Käpt´n, vielleicht drehen Sie sich mal um, wir bekommen Besuch." Der Computer säuselte die Worte, als ginge es um ein Kaffeekränzchen. *„Wenn wir diese Sache heil überstehen"*, dachte Tim ärgerlich, *„tausche ich diesen verdammten Taschenrechner aus."* Tim schaltete den Bildschirm auf Bi-Modus, so konnte er Bug und Heck des Schiffes gleichzeitig beobachten. Und wirklich, da kamen sie. Fünf Jäger der Pöttpött Klasse hielten mit rasanter Geschwindigkeit auf den Frachter zu. Noch waren sie außer Schussweite, aber sie kamen schnell näher. „Lady, sind Sie vor den Sensoren eingeschlafen?" Tim glaubte, dass Else mit der Technik des Schiffes nicht zurechtkam und die Sensorendaten einfach nicht richtig interpretieren konnte. Schließlich waren die Dinger schon alt und er hatte sie im Schlussverkauf bei D&W in Gütersloh gekauft. Else war sichtlich sauer. „Mein lieber Herr Hintermoser. Weder schlafe ich, noch zeigen Ihre albernen Möchtegern Instrumente irgendetwas an." „Wie kann das sein?", stutzte Tim. „Die Sensoren hätten die Jäger noch vor dem Bordcomputer erfassen müssen!" „Störtechnik.", entgegnete Else kurz. „Werden heute in jedem Jäger eingesetzt, wenn er nicht gerade im Supermarkt um die Ecke gekauft wurde. „Gut, sei's drum." Tim war entschlossen. „Computer, Heckgeschütz Nixda aktivieren,

Auswurfgeschwindigkeit auf das Tempo der Jäger modulieren und Streuwirkung benutzen." Das Heckgeschütz Nixda hieß so, weil es eigentlich „nicht da" war. Es war innerhalb des mittleren Strahltriebwerks montiert worden. Die Lasergeschosse waren so beschaffen, dass sie durch den Hitzestrahl des Antriebs keinen Schaden nehmen und optimal abgefeuert werden konnten. Jetzt zahlte sich Tims Waffenfanatismus aus. Ein angreifendes Schiff hatte normalerweise immer eine andere Geschwindigkeit als das Davonfliegende. So konnten die Instrumente der Jäger Geschosse von Abgasstrahlung unterscheiden und entsprechend reagieren. Die Geschosse der Nixda Waffe aber hatten dieselbe Temperatur wie der Abgasstrahl und da sie mit ihnen zusammen aus dem Triebwerk austraten, konnten Sensoren sie nicht erfassen. Wenn jetzt die Schussgeschwindigkeit dieselbe war wie das Tempo der angreifenden Jäger, hatten dessen Sensoren keine Chance, rechtzeitig Ausweichmanöver zu veranlassen, da sich Geschwindigkeit und Gegengeschwindigkeit rechnerisch aufhoben. Durch die Streuwirkung konnten zusätzlich gleich mehrere dicht fliegende Jäger getroffen werden, und das mit einem einzigen Schuss. Tim war mega stolz auf diese Waffe, hatte er sie doch selbst erfunden. Eigentlich hatte er vorgehabt, sie sich beim Deutschen Patentamt in München patentieren zu lassen, hatte sich dann aber dagegen entschieden. Schließlich hätten dann über kurz oder lang alle Schiffe eine solche Waffe besessen und der Effekt wäre dahin. Auch wenn es ihn wahrscheinlich richtig reich gemacht hätte, wollte er sie als Geheimnis für sich behalten. Jetzt war er zum ersten Mal richtig froh über seine Entscheidung. Tim grinste. Die Jäger flogen direkt in seine Nixda-Geschosse hinein, ohne irgendetwas zu ahnen. Zur Tarnung ließ er die offenen Geschütztürme am Heck des Frachters ein wenig hin und herpendeln, so als justierten sie sich auf die Jäger ein. Die Angreifer näherten sich. „Computer, Nixda bereit?" „Poliert, gebügelt und schussbereit.", flötete der Computer als Antwort. „Gut, feuern in zehn Sekunden." Tim, Else und Kurt warteten gespannt was passierte, obwohl Else keine Ahnung hatte, was „Nixda" eigentlich war. Ein Countdown wurde hörbar: „Sieben-sechs-fünf-vier-drei-zwei-eins...tschüss!" Außer einem grellen Blitz weit hinter dem Heck des Frachters und einer anschließenden, sich schnell verflüchtigenden Wolke war auf dem Bildschirm nichts zu sehen. Alle glotzten weiter auf den Schirm. Dann schrie Tim so laut auf, dass Else vor Schreck fast vom Sessel gerutscht wäre. „Ja, platt gemacht. Ha, ha, ihr Säcke. Nänänänänä...." Tim konnte sich gar nicht beruhigen. Zum ersten Mal hatte er diese Waffe jetzt im Ernstfall eingesetzt. Davor hatte er sie nur an Weltraumschrott getestet. Else rappelte sich wieder zurecht und sah jetzt auch, warum Tim so reagiert hatte. Von Kurt war nur ein knappes: „Bingo!" zu hören. Zwei der fünf Jäger waren verschwunden, ein dritter trudelte unkontrolliert durchs All und entfernte sich von seiner Staffel, wahrscheinlich unfreiwillig. Die übrigen beiden Jäger blieben plötzlich auf Distanz. Wahrscheinlich holten sie sich neue Instruktionen. Mit einem derartigen

Manöver hatten sie nicht gerechnet. „Das ist ja unglaublich.", entfuhr es Else sichtlich beeindruckt. „So etwas habe ich ja noch nie gesehen." „Kunststück", sagte Tim mit stolzgeschwellter Brust. „Ist auch eine Erfindung von mir. Doch leider funktioniert ein solcher Überraschungsangriff immer nur einmal." Die restlichen Angreifer blieben auf Abstand, hielten aber mit der Geschwindigkeit des Frachters mit. Sie sollten jetzt wahrscheinlich das Ziel begleiten, um nachrückende Verstärkung über den jeweiligen Standort zu informieren. „Wir haben etwas Zeit gewonnen. Frau van Kloppen bitte be...", „Wir sitzen hier im selben Schlamassel, Käpt´n", unterbrach die Pottaschianerin Tim, „wir sollten uns einfach duzen." „Ja, äh, wie Sie, ich meine wie du meinst, Else." Hatte sie etwa auch ein wenig Interesse an ihm? Tims Herz schlug schneller. „Was wollte ich sagen? Ah ja, Else, behalte du bitte den Bildschirm im Auge. Ich versuche die Zeit zu nutzen indem ich die Sensoren neu kalibriere. Wir müssen einfach frühzeitiger gewarnt sein, um besser reagieren zu können." Else grinste. „Die Reaktion vorhin war doch wohl Spitze. Sie hat auf jeden Fall einige Verwirrung unter den Traditionisten gestiftet. Was ist da eigentlich genau passiert?" Während Tim sich mit der Einstellung der Sensoren beschäftigte, erklärte er Else seine selbst erfundene Waffe, wie sie es sonst im gesamten bekannten Universum nicht gab. Else war tief beeindruckt von den Fähigkeiten dieses Mannes, den sie im ersten Augenblick als versoffenen, pöbelnden Knurrkopf kennengelernt hatte. Nun hatte sich dieser in so kurzer Zeit gewandelt und strotzte vor Tatendrang und Überraschungen. „Glaub mir, Tim", sagte Else anerkennend zu ihm, „die Angreifer werden jetzt sehr vorsichtig sein. Immerhin ist es die zweite Überraschung für sie, die dieser alte Frachter ihnen bietet. Selbst jeden Bluff von dir werden sie jetzt ernst nehmen." „Ja", entgegnete Tim nachdenklich, „das ist auch unsere größte Waffe. Aber sie werden sich über kurz oder lang anpassen und wieder zuschlagen. Schließlich steht für die Traditionisten eine Menge auf dem Spiel." „Tim", sagte Else in einem feierlichen Ton und sah den Mann neben ihr dabei bewundernd an, „ich habe mich entschlossen, Dir die Daten in Kopie anzuvertrauen. Du hast Recht, so bleibt im schlimmsten Fall wenigstens die Kopie erhalten und kann gefunden werden." Tim sah Else verdutzt, nicht ohne eine Portion Stolz, von der Seite an. Seine Bewunderung für diese Frau war um ein erhebliches Maß gestiegen. Ping-Ping-Ping....Tim horchte auf. Die von ihm eben noch kalibrierten Sensoren schlugen an. Tim reagierte, schaltete den Bildschirm mit der Heckansicht auf Radarfunktion um und schaute gebannt darauf. Der Radarbildschirm wirkte wie ein farbiges 3d-Ultraschallbild, bei dem der Frachter den Mittelpunkt als grüner Schatten bildete. Am unteren rechten Rand des Bildschirms schob sich jetzt langsam ein roter Schatten ins Bild. Ein gewaltiger Schatten. „Leck mich am Arsch!", entfuhr es Tim unwillkürlich. „Die schicken einen Zerstörer und einen ziemlich schnellen noch dazu."

*

Der General war fast ausgerastet vor Wut über die neuen Nachrichten, die der bedauernswerte Kurier ihm hatte überbringen müssen. Dieser lag nun verdattert mit einem blauen Auge in einer Ecke des Büros vom General und wusste gar nicht richtig, was eben passiert war. „Drei Jäger mit einem einzigen Schuss aus einer unsichtbaren Heckwaffe? Wollen mich hier alle verarschen oder nur ihre Unfähigkeit kompensieren?" Das Gesicht des Generals war knallrot angelaufen. Seine Halsschlagader pumpte, als wolle sie jeden Augenblick platzen. „Jetzt ist Schluss mit diesem Theater." Er stampfte zu seinem Schreibtisch, kramte ein Papier hervor, kritzelte etwas darauf, versah es mit seiner Unterschrift und seinem Siegel. Dann warf er das Papier zu dem noch immer am Boden hockenden Kurier. „Stehen Sie endlich auf und benehmen Sie sich wie ein richtiger Soldat. Und bringen Sie dieses Schreiben diskret direkt zu Hochoktan und übergeben Sie es ihm persönlich. Haben Sie verstanden? Nur ihm persönlich!" Der Kurier zögerte keine Sekunde. Schließlich war er froh, endlich aus dem Dunstkreis des gewalttätigen Generals entlassen zu werden. Das Schreiben beinhaltete die Order, den schnellsten Zerstörer der Sicherheitsflotte auf den alten Erzfrachter anzusetzen. Es war etwa so, als wolle man mit einem 12 Tonnen schweren Kranhaken eine Bachforelle angeln. Der Erzfrachter würde eigentlich schon vom Anblick des Zerstörers in seine Einzelteile zerfallen. Aber hier lagen die Dinge anders. Der augenscheinliche Frachter barg offenbar Waffen unbekannter Bauart und Durchschlagskraft. Eine unsichtbare Waffe war in der Lage gewesen, drei der modernsten im Dienst befindlichen Pöttpött Jäger mit einem einzigen Schuss außer Gefecht zu setzen. Offenbar hatten sich die Freiheitskämpfer im Verborgenen mehr als gut auf einen Übergriff vorbereitet. Dem Befehlshaber Hochoktan blieb ohnehin nichts anderes übrig, als der Order des Generals Folge zu leisten. Man würde den Einsatz offiziell als Manöverübung deklarieren.

Kurts genialer Einfall

Tim starrte immer noch wie angewurzelt auf den Radarschirm. Er konnte nicht glauben, dass die Traditionisten offenbar in der Position waren, den mächtigsten Zerstörer im Dienste der pottaschianischen Regierung auf den Plan zu rufen. Und das für einen altersschwachen Erzfrachter. Langsam glitt das mächtige Kampfschiff auf sie zu. Tim hatte den Zerstörer bereits durch den Computer scannen lassen. „Jetzt jagt Moby Dick Käpt´n Ahab." war der Kommentar der Computerstimme gewesen. Und das war noch untertrieben. Der Zerstörer hatte 68 Decks und 1800 Mann Besatzung. Das Waffenpotential dieser riesigen Festung war mehr als gigantisch. Der Pott konnte tagelang ununterbrochen feuern, ohne seinen Energievorrat nennenswert zu reduzieren. Fernlenktorpedos wurden auf die Signatur feindlicher Schiffe kalibriert und verfolgten das beschossene Raumschiff so lange, bis der Torpedo sein Ziel erreicht hatte, und wenn es Wochen dauerte. Davor hatte Tim zumindest keine Angst. Seine Schilde waren so modifiziert, dass sie eine pulsierende Atomsignatur simulierten. Jede Signatur hielt sich nur für den Bruchteil einer Sekunde. Selbst wenn sich in unregelmäßigen Abständen die Signaturen wiederholten, hatten Fernlenkwaffen keine Chance. Auf Hitzeausstoß konnten Fernlenkwaffen nur auf, für Weltraumverhältnisse, sehr kurze Distanz reagieren, da sich jede Wärme im eiskalten Raum schnell verlor. Doch der Zerstörer kam langsam aber unaufhaltsam näher und würde sie auf jeden Fall vor dem Eintreffen auf Gully Sieben erreicht und aus dem All geballert haben. Ja, jetzt saßen sie richtig in der Scheiße. „Wann werden sie in Schussweite sein?", fragte Else sichtlich besorgt. Auch Kurt Kaschumke liefen die Schweißperlen die Stirn herunter. „Bei der Annäherungsgeschwindigkeit etwa 30 Stunden. Bis Gully Sieben brauchen wir aber mindestens noch 48", gab Tim zur Antwort. „Wir brauchen jetzt ganz schnell einen Plan B." „Wie wäre es denn", meldete sich plötzlich Kurt zu Wort, „wenn wir ein Täuschungsmanöver starten?" Tim und Else glotzten Kurt staunend an. Mit einer Idee von Kurt hatten weiß Gott beide nicht gerechnet. Aber Tim war neugierig geworden, immerhin war Kurt nüchtern. „Wie stellst Du Dir das vor, mein Lieber?" „Nun, wir haben doch immer noch das Shuttle von der Lady an Bord. Wir stopfen die Liste mit den brisanten Informationen hinein und schießen das Moped aus der Luke. Mit Sicherheit werden sie das Shuttle sofort scannen und die Liste, die ja altmodischerweise aus Papier besteht, entdecken. Da diese Liste das primäre Ziel der Piratenfürze ist, werden sie, mit einem bisschen Glück für uns, zunächst da hinterher jagen. Es wird sie bestimmt aber erstmal ein wenig ausbremsen. Zeit genug für uns vielleicht, rechtzeitig mit der Kopie der Liste auf Gully Sieben zu plumpsen." Tim fiel die Kinnlade herunter. „Und das hast Du Dir alles alleine ausgedacht?" Kurt grinste überlegen. „Jup!" „Aber", warf Else ein, „sie fallen vielleicht nicht darauf herein. Sie werden beim Scannen feststellen, das kein Lebenszeichen im Shuttle zu finden ist." „Oh, doch", entgegnete Kurt, „es wird sogar Deine Biosignatur sein, die sie erkennen werden." Else empörte sich. „Ach so ist das, Du willst mich auf diese Weise loswerden, um Deinen eigenen Arsch zu retten!?" Tim riss verwundert die Augen auf, als er Else derart reden hörte. „Nein, nein, keineswegs", beruhigte sie Kurt, „allerdings müsstest du für dieses Manöver deine schönen, weißen Haare lassen." Jetzt verstanden Tim und Else auch, was Kurt vorhatte. „Käpt´n, wir ham doch unten im Ersatzteillager noch die alte Schaufensterpuppe mit den dicken Möp…äh, die du mal beim Pokern gewonnen hast. Wir ziehen ihr Elses Overall über, da sind genug DNS Spuren dran, und kleben ihr Elses Haare auf den Plastikschädel. Das dürfte reichen." Else war gar nicht so recht wohl bei dem Gedanken, ihre schönen langen Haare abschneiden zu lassen. Bei Pottaschianern dauerte es dreimal so lange, bis sie wieder nachwuchsen. „Aber wieso sollten sie uns dann in Ruhe lassen?", wollte Else von Kurt wissen, bevor sie sich verstümmeln ließ. „Na ja, wir schicken das Shuttle mit der Originalliste auf direkten Kurs Richtung Gully Sieben. Das Teil ist ja etwas schneller als der Frachter, und wir ändern unseren Kurs geringfügig. So denken sie vielleicht, wir wollten uns verpi...davonmachen, und die Freiheitskämpferin versucht, nach Gully Sieben zu entkommen. Sie werden dann auf jeden Fall erstmal ihr Augenmerk auf das Shuttle lenken. Wenn sie dann glauben, die Liste zerstört zu haben, sind wir kein primäres Ziel mehr für die Wichser hinter uns." Kurt hatte Recht. Das war ihre einzige Chance, wenigstens mit einer Kopie der Liste heile auf Gully Sieben anzukommen. „Viel Zeit haben wir nicht mehr", sagte Tim entschlossen, „also, packen wir es an. Else, ich hol eine Schere, zieh du den Overall aus." Bei Tims letzten Worten stand Kurt grinsend da und beglotzte neugierig die Pottaschianerin. „Kurt, Du holst die Puppe und machst das Shuttle klar, aber dalli!", rief Tim ärgerlich seinem Techniker zu. „Und Du Else ziehst dich natürlich in deiner Kabine um. Im Wandschrank hängen Montageoveralls. Das muss zunächst reichen zum Überziehen." Kurt zog enttäuscht von dannen und Else machte im Gehen ein Gesicht, als wäre sie empört darüber, wie Tim überhaupt auch nur daran gedacht haben könnte, sie würde sich vor den Männern den Overall ausziehen. Tim selbst machte sich daran, eine Kopie der Liste anzufertigen, die Else ihm mittlerweile überlassen hatte. Nicht ohne zu erwähnen, dass er sie sorgsam behandeln sollte, da es die einzige war, die existierte. Das Papier, auf dem die Originalunterschriften standen war ein anderes, als das, das in Digitalkopierern eingesetzt wurde. Die Täuschung würde mit einer Kopie niemals funktionieren. Else hoffte inständig, die Vertreter von Gully sieben würden eine Kopie akzeptieren, aber sie hatten keine andere Wahl. Eine halbe Stunde später war alles bereit für das Täuschungsmanöver. Der riesige Zerstörer war gefährlich nahe gekommen und Tims Sensoren meldeten an der Front des Zerstörers ein erhöhtes Energieaufkommen, was für das Hochfahren der Laserwaffen sprach. Sie machten sich bereit für die finalen Schüsse. „Hoffentlich geht unser Plan auf", dachte Tim besorgt, „sonst Gute Nacht!" Das Shuttle war in Position, Puppe und Liste darin verstaut, die Kopie sicher in der Blackbox untergebracht. Tim, Else und Kurt saßen angespannt vor dem Bildschirm auf der Brücke. Tim begutachtete Else aus den Augenwinkeln. Sie saß nun mit einer struppigen Kurzhaarfrisur neben ihm. Wild und frech wirkte sie auf ihn. *„Ja"*, dachte Hintermoser, *„so sehen Freiheitskämpferinnen aus!"* Tim besann sich. „Computer, Abschuss in 10 Sekunden ab Freigabe." „So wie Sie es wünschen, Chefchen.", hauchte die Computerstimme zurück. „Und...ab damit!" Der Computer zählte umgehend einen Countdown von 10 rückwärts. Pünktlich bei Null schoss das winzige pottaschianische Schiff aus der Schleuse Richtung Gully Sieben. Im selben Moment ließ Tim den Frachter abdrehen, minimal nur, aber doch so weit, dass eine Richtungsänderung erkennbar wurde. Außerdem verlangsamte er die Fahrt, als hätten sie aufgegeben. Die nun überschüssige Antriebsenergie leitete Tim in einen Puffer, um sie im geeigneten Augenblick fast explosionsartig in den Antrieb zurückleiten zu können. Ein Manöver, das Tim noch nie in der Praxis durchgeführt hatte, und das extrem gefährlich für Schiff und Mannschaft war. Deshalb erwähnte Tim vor den anderen sein Vorhaben nicht.

*

Der Kommandant des Zerstörers stutzte. Ein Shuttle hatte sich von dem alten Frachter abgesetzt und flog direkt auf Gully Sieben zu. Der Frachter selbst änderte plötzlich seinen Kurs und verlangsamte sein Tempo. „Navigator!", schrie Kommandant Humpnsagta, „Scannen Sie das Shuttle!" Zu einem anderen Offizier rief er nach hinten: „Schröder, Abfangjäger 2 und 3 startklar machen und auf mein Kommando warten!" „Kommandant", rief nun der Navigator quer über die gewaltige Brücke des Zerstörers, in der zwei Fußballfelder Platz gefunden hätten, „an Bord des Shuttles befinden sich eine pottaschianische Lebensform und offenbar ein Papier mit handgeschriebenen Daten." „Bingo!", rief der Kommandant entzückt zurück. „Navigator, verfolgen Sie das Shuttle! Diese alte Schubkarre hat keine Waffen, wir holen es mit dem Traktorstrahl rein. Dann haben wir die

Liste UND die Freiheitskämpferin. Der General wird überaus zufrieden sein." „Was ist mit dem Frachter?", fragte der Navigator irritiert. „Schicken Sie drei Jäger hinterher, das dürfte genügen. Die sind jetzt nichts weiter als unnötige Mitwisser, die Beweise gegen uns sind an Bord des Shuttles." „Aber sagte der General nicht ausdrücklich, der Frachter sei nur mit dem Zerstörer zu knacken?" „Navigator", fuhr Kommandant Humpnsagta den Fragenden barsch an, „solange ich Ihr Vorgesetzter bin, entscheide ich das Vorgehen, nicht Sie. Und jetzt folgen Sie gefälligst meinen Anweisungen oder Sie finden sich beim Deckschrubben wieder." Der Navigator dachte gar nicht an Widerworte und wies die zuvor aktivierten Abfangjäger an, den Frachter zu zerstören. Dann fuhr er das Menü für den Traktorstrahl hoch und konzentrierte sich auf das Shuttle. *„Der General wird langsam senil"*, dachte der Kommandant wütend. *„Ein Zerstörer gegen einen altersschwachen Erzfrachter. Nicht irgendeinen Zerstörer, nein, DEN Zerstörer. Der Stolz der gesamten Flotte. Es wird allmählich Zeit, dass sich in der Führungsebene personell etwas ändert. Auch hatte der General befohlen, den Putsch sofort zu starten. Jetzt, da noch nicht alle Vorbereitungen abgeschlossen waren. Ja, der General wird langsam senil."*

*

„Juhuu, es funktioniert!", schrie Kurt voller Begeisterung über seinen genialen Einfall. „Der Zerstörer verfolgt das

Shuttle." Tim musste insgeheim zugeben, Kurt solche Gedanken gar nicht zugetraut zu haben, und er ärgerte sich, dass ihm dieser Trick nicht selbst eingefallen war. „Freu Dich nicht ganz so doll", gab er Kurt zur Antwort, „da kommen drei Jäger auf uns zu. Ihren Flugbahnen nach zu urteilen fallen sie auf den Trick mit der „Nixda" nicht mehr herein. Sie greifen jetzt von den Seiten und von oben an." Immerhin entfernte sich jetzt der Zerstörer vom Frachter. Und wenn sie die Täuschung mit dem Shuttle nicht zu schnell entdeckten, konnten sie es tatsächlich bis Gully Sieben schaffen. „Computer", befahl Tim, „Schilde immer genau auf die möglichen Angriffsstellen der Jäger modulieren und die Laserwaffen selektiv gezielt abfeuern." „Ihr Wunsch ist mir Befehl, Chefchen", kommentierte die Computerstimme. *„Wenn alles hier vorbei ist, schmeiß ich dich raus."* , dachte Tim voller Genugtuung. Die ersten Schüsse der Jäger erreichten die Schilde des Frachters, die ohne Verluste standhielten. Die Berechnung der Einschlagsstärke zeigte Tim aber, dass die Jäger ungewöhnlich starke Geschosse verwendeten. Wohl auch eine technische Neuerung. Leider hatte er es verpasst, dieses Jahr die IRA (Internationale Raumschiff Ausstellung) in Frankfurt a.M. zu besuchen. Dann hätte er sich über alle Neuheiten selbst informieren können. Jedoch gab es auch immer wieder militärische Neuheiten, die der Öffentlichkeit nicht zugänglich gemacht wurden. Der Computer des Frachters gab immer nur kurze, gezielte Feuersalven ab, aber auch die Schilde der Jäger hielten zunächst dem Beschuss stand. Eine Salve schaffte es aber bei einem der Jäger den Schildgenerator, der aus Platzgründen außerhalb der Jägerhülle montiert worden war, lahm zu legen. Die nachfolgende Salve traf dann das Triebwerk, und der Jäger verglühte lautlos. Jetzt hatten sie es nur noch mit Zweien zu tun. Noch 42 Stunden bis Gully Sieben. Auf ihrer derzeitigen Flugbahn dauerte es etwas länger als auf dem direkten Weg. Wenn sie aber nahe genug am Planeten waren, konnten sie die Kopie der Liste über Hyper-DSL zum Zielort funken, ohne dass die Nachrichtenexperten des Zerstörers sie atmosphärisch stören konnten. Dann wären wenigstens die wichtigen Daten gerettet. Tim konnte auf dem Monitor verfolgen, dass der Zerstörer dem Shuttle bereits gefährlich nahe gekommen war, ein Schott am Bug des Schlachtschiffes begann sich langsam zu öffnen. *„So ist das"*, dachte er schadenfroh, *„sie wollen Else also lebend haben. Na, das bringt uns noch mehr Zeit als wir erhofft hatten und euch eine herbe Enttäuschung."* Tim war zufrieden. Mit den beiden Jägern würden sie auch noch fertig werden. Die beiden übrigen Jäger kreuzten weiterhin über und hinter dem Frachter und feuerten. Bis jetzt hatten sie keine nennenswerten Schäden angerichtet, Es war aber nur eine Frage der Zeit, bis einer der Schilde Schwachstellen bildete und die Lage für sie gefährlicher wurde. Das Shuttle, dem der Zerstörer am Arsch klebte, war nun fast vollständig von diesem verdeckt. Vielleicht noch drei bis vier Minuten, dann würde der Traktorstrahl das winzige Schiff in den riesigen Rumpf des gigantischen Kampfkolosses gezogen haben. Zeit genug, um seine nächste Taktik anzuwenden.

Tim überprüfte den Energiepuffer, der bereits am Kapazitätslimit angelangt war. Höchste Zeit also, schließlich wollte er sich nicht selbst in dieser fliegenden Mülltonne in die Luft jagen. Tim grinste innerlich. Von außen sahen seine Gegner nur den mit Draht geflickten Oldtimer, den V8- Motor im Innern ahnte niemand. „Setzt euch und schnallt euch an", wies Tim seine beiden Mitstreiter an, die verdutzt zu ihm rüberglotzten. „Bitte jetzt sofort!", schob Tim nach, als er die verdutzten Gesichter von Else und Kurt bemerkte. Kurt wusste, dass es besser, war Tims Aufforderung zu folgen, er kannte ihn immerhin lange genug. Auch Else folgte Tims Order ohne noch einmal nachzufragen, als sie sah, dass auch Tim sich angeschnallt hatte. Fünf Sekunden später wusste sie warum. Als alle drei in ihren Sitzen fixiert waren, drückte Tim nur einen winzigen, unter einem kleinen Schiebeplättchen versteckten Knopf. Im selben Augenblick durchfuhr ein gewaltiger Ruck das gesamte Raumschiff, eine alte Kaffeetasse wäre Else beinahe an den Kopf geknallt. *„Ach, da hatte ich sie also abgestellt."*, dachte Tim. Eine Sekunde später schoss der alte Frachter wie ein gigantisches Zäpfchen vorwärts. Aus dem gesamten Schiffsinnern waren Polter- und Klappergeräusche zu hören, alle losen Gegenstände an Bord flogen nun, trotz Trägheitsdämpfer, durch die Gänge und Kabinen. *„Da werden wir nachher ganz schön was aufzuräumen haben."*, fuhr es Tim durch den Kopf. Er ärgerte sich nur, dass er die verdutzten Gesichter der Jägerpiloten jetzt nicht sehen konnte. Innerhalb von Sekunden waren aus den Jägern auf dem Bildschirm winzige Punkte geworden. Die impulsierte Zusatzenergie würde die Triebwerke noch etwa eine Minute zu dieser immensen Geschwindigkeit zwingen, viel länger würde es die Struktur des Frachters auch gar nicht aushalten. Jetzt waren die Jäger überhaupt nicht mehr zu sehen. Auch der riesige Zerstörer war nur noch ein Fleckchen auf dem Schirm, der kurz danach ganz verschwand. Jetzt hatten sie den Vorsprung, den sie brauchten, um vor den Angreifern Gully Sieben zu erreichen. Kurt und Else wurden, ebenso wie Tim selbst, in ihre Sessel gepresst. Die Trägheitsdämpfer konnten diesen ungeheuren Schub in der Kürze dieser Zeit nicht kompensieren. Allerdings war Tim ja auf diese Situation vorbereitet, Kurt und Else nicht. Dementsprechend dämlich waren ihre Gesichtsausdrücke, als sie den neben ihnen grinsenden Tim anstarrten. Langsam verringerten sich die Vibrationen, die permanent durch den Frachter liefen, dann waren sie ganz verschwunden. Das geschundene alte Raumschiff hatte nun wieder normale Endgeschwindigkeit und raste ungehindert irgendwelcher Verfolger auf Gully Sieben zu. „Scheiße, was war das?", rief Kurt ärgerlich seinem Kapitän zu. „Ich habe mich fast eingepinkelt vor Angst." Else enthielt sich eines Kommentars und starrte Tim, wartend auf eine Antwort, an. Tim grinste immer noch. „Na ja," sagte Tim süffisant, „wenn den Elefanten die Parasiten nerven, schüttelt er sie ab, oder nicht?" Kurt tippte ein paar Knöpfe und beobachtete das Display vor dem er stand. Er rief den Kurzzeitspeicher ab. „Du verdammtes Schnapsfass von einem Käpt´n hast impulsierte Zusatzenergie in die Triebwerke gepumpt. Völlig riskant, aber", jetzt musste auch er schmunzeln, „einfach genial."

*

Kommandant Humpnsagta blieb nur ein verdutzter Blick auf den Bildschirm. Der alte Frachter, den er für eine allzu leichte Beute gehalten hatte, war verschwunden. Zwar hatte er sofort Befehl zur Verfolgung gegeben, aber er hatte das Scheißgefühl in der Magengegend, dass sie den Frachter nicht mehr rechtzeitig vor Gully Sieben abfangen konnten. Außerdem musste er jetzt auch noch den verhassten General Biodiesel über die Schlappe mit dem getürkten Shuttle informieren. Zwar hatten sie die Originalliste, aber es war glasklar, dass der Frachter eine Kopie davon an Bord haben musste. Biodiesel war über die Nachricht der Flucht derart ausgerastet, dass ein wertvoller Lehnstuhl und ein hölzernes Wandpaneel seines Büros dran glauben mussten. Seine Flüche seien hier aus Gründen des Anstands nicht wiedergegeben. Er hoffte jetzt nur, dass sein Plan, die Regierung in einer Blitzaktion zu stürzen, ohne Pannen funktionierte. Denn spätestens, wenn auf Gully Sieben die Namensliste der Pottaschianerin in die entsprechenden Hände fiel, würden er und seine Getreuen umgehend verhaftet werden und aus wäre es mit den Traditionisten. Nein, dafür hatte er zu lange im Verborgenen daraufhin gearbeitet. Er musste der Regierung zuvorkommen. Was hatten die Freiheiten der

Regierung dem Volke denn gebracht? Der Haushalt schrammte mit dem Arsch am Boden entlang, die skurrielsten Subjekte demonstrierten tagelang für irgendwelchen Scheißkram, Dekadenz machte sich breit, und die Rüstung wurde vernachlässigt. So konnte es einfach nicht weitergehen. Er würde wieder Ordnung ins System bringen. Zuerst würde er die Regierung erobern, dann das Volk der Pottaschianer und dann...mal sehen. Wenn alles funktionierte, waren seine Getreuen bereits dabei, der Regierung das Wasser abzugraben. Kommunikationswege würden gestört, Beamte in ihren Wohnungen festgesetzt und die Mobilität der Polizei blockiert werden. Jetzt wartete er auf den alles entscheidenden Anruf, dann würde er mit einer ausgewählten Gruppe von Offizieren das Amtszimmer des Präsidenten besetzen und die Öffentlichkeit über den ebenfalls infiltrierten Fernsehsender über die neue Situation informieren. Spätestens dann würde ihm auch die Polizei folgen. Da fiel ihm plötzlich etwas ein. Der Polizeirat von Gully Sieben war ihm noch einen Gefallen schuldig. Vielleicht hatte er in Bezug auf diese verhasste Liste noch eine Chance.

*

Tim hatte zur Feier ihres Sieges einen Whiskey spendiert. Noch bevor er „Prost" sagen konnte, hatte Kurt sein Glas schon geleert und hielt es Tim wieder vor die Nase. Kurz bevor sie in den Zielerfassungsbereich von Gully Sieben eintraten, nahm Else van Kloppen eine Audioverbindung mit der Polizeipräfektur auf und identifizierte sich mittels eines Codewortes. Daraufhin wurde sie direkt mit dem Polizeirat verbunden. Erst jetzt nahm sie auch visuellen Kontakt auf. „Meine verehrte Frau van Kloppen", begrüßte der alte Polizeirat Justus Komlasses die Pottaschianerin überschwenglich. „Wenn sie dieses Codewort benutzen, müssen sie ja wirklich wichtige Informationen für mich haben?" „In der Tat, Herr Polizeirat, in der Tat." Nicht nur, dass ich Beweise für einen bevorstehenden Putsch gegen die pottaschianische Regierung durch die Traditionisten habe, ich besitze auch eine Liste mit den Namen aller Beteiligten." Else war erleichtert und zugleich stolz darauf, ihren Auftrag erfolgreich ausgeführt zu haben. Dem Polizeirat fiel deutlich sichtbar die Kinnlade herunter. Eine kleine Weile lang sagte er nichts. „Sie haben was?", stotterte er durch den Lautsprecher. „Ich habe alle Namen", wiederholte Else genüsslich, „geschrieben von hochrangigen, absolut glaubwürdigen Regierungsmitgliedern, die selbst den Traditionisten angehören." „Faxen sie mir diese Liste sofort in mein Büro, Teuerste, dann kann ich sofort meine Leute mit den Verhaftungen beauftragen." Jetzt mag sich so mancher Leser zu Recht fragen, „was hat der Polizeirat von Gully Sieben mit den Problemen von Pottasche zu tun?" Ganz einfach: Vor etwa 27 Erdjahren schlossen sich einige Planeten, die auf einer optimalen Raumhandelsroute lagen, zu einem Verbund zusammen. Angeregt und umgesetzt wurde dieser Verbund damals von der

Handelsgilde. Durch diesen Verbund nämlich fielen teure Zölle und staatliche Löschgebühren weg. Im Laufe der Zeit gewann dieser Verbund immer mehr politischen und gesellschaftlichen Boden, so dass aus ursprünglichen Handelsabkommen ein politisches Regelwerk wurde. Um die Einhaltung eben dieses Regelwerkes zu gewährleisten, wählte man ein „Überplanetarisches Aufsichtsgremium", und das war die gullyanische Polizei. Die Gullyaner besaßen einen außerordentlichen Spürsinn wenn es darum ging, Lüge von Wahrheit zu unterscheiden. Genau diese Eigenschaft hatte ihnen die Stimmenmehrheit eingebracht. Dadurch stand die Gully-Polizei über der Staatsgewalt jedes Planeten im Verbund, wenn es um Regierungsangelegenheiten ging. „Hören, Sie Else?. Faxen Sie mir die Liste!" „Ich denke, das ist keine gute Idee", antwortete Else mit ernster Mine. „Ich fürchte, die Daten werden abgefangen. Ich komme zu Ihnen herunter und übergebe Ihnen die Liste persönlich." „Gut, vielleicht haben Sie Recht", antwortete Polizeirat Komlasses mit gesenkter Stimme. „Aber bringen Sie bitte Ihre Freunde mit, ich will mich auch bei ihnen mit einem gemeinsamen Essen bedanken." „Etwas zu trinken reicht schon!, murmelte Kurt leise zurück. Tim stieß ihm leicht in die Rippen. „Klar Herr Polizeidings", antwortete Tim mit geschwellter Brust, „wir kommen natürlich gern, ham wirklich was zu beißen nötig." In dem Augenblick, als der Polizeirat die Verbindung beendete, klingelte sein geheimes Telefon.

*

Endlich auf Gully Sieben

Tim und Kurt hatten sich, für ihre Verhältnisse, richtig herausgeputzt. „Vielleicht gibt's ja sogar noch Lametta obendrauf", flüsterte Tim Kurt zu, als sie in den Lift zum Shuttledeck stiegen. Else hatte sich auch umgezogen, sie trug jetzt einen orangefarbenen Overall. „Entweder hatte Else sich nur umlackiert, oder der Stofffetzen war dünner als billiges Kopierpapier", dachte Tim. Er konnte sich nicht vorstellen, wo sie in dem winzigen Shuttle, mit dem sie eingeschlagen war, den zweiten Overall noch hätte verstauen können. Aber eins war sicher: in diesem Teil kam ihre Oberweite noch viel besser zur Geltung. Else bemerkte Tims Blicke. „Orange, mein lieber Herr Hintermoser, kann Männer impotent machen, wusstest Du das nicht?" Tim lief rot an und stolperte in den sich gerade öffnenden Lift. Bis sie auf Gully Sieben in der Nähe der Polizeipräfektur gelandet waren, sagte er kein Wort mehr. Als Tim die Shuttletür öffnete, stand bereits eine zweiköpfige Eskorte bereit, um die drei zum Polizeirat zu führen. Kurt bewegte sich in seinem Anzug, der noch von seiner Konfirmation zu stammen schien, als hätten sich 5 Dutzend Ameisen im Futter versteckt. Er war so vornehme Kleidung nicht gewohnt. Tim musterte die Eskorte, die sich rechts und links von ihnen flankierte. Die Männer waren typische Gullyaner, dicklich und zu kurz geraten. Mit 1,70 Meter Körpergröße wäre ein Gullyaner schon fast ein Riese gewesen. Diese beiden maßen höchstens 1,50 Meter.

Trotzdem durfte man diese Leute nicht unterschätzen. Trotz ihres unförmigen Äußeren waren sie stark, flink und hatten beinahe schon übernatürliche Fähigkeiten, wenn es darum ging, anderen Leuten auf die Schliche zu kommen. „Trotzdem", dachte Tim, „sind die schon nach einem Whiskey voll. Passt doch nichts rein!" Das riesige Doppeltor, das in den Polizeipalast führte, öffnete sich automatisch und lautlos, als die Besucher sich ihm näherten. Wahrscheinlich hatten Sensoren die biometrischen Profile der Eskorte erkannt. Als sie durch das Portal traten, bot sich den Abenteurern ein atemberaubender Anblick. Ein riesig dimensionierter Gang, gesäumt von goldglänzenden Säulen, erstreckte sich über 100 Meter durch das Gebäude. „Sah von draußen gar nicht so groß aus", flüsterte Kurt sichtlich geplättet. Von der gewölbten Decke hingen alle paar Meter monströse kristallene Kronleuchter. Tim versuchte möglichst unbeeindruckt zu wirken. *„Bin ja schließlich auch nicht vom Kartoffelplaneten"* ,dachte er neidisch, *„hier hat die Polizei wohl alles im Griff"*. Grinsen musste er aber, als er, halb hinter einer der unzähligen Säulen versteckt, ein kleines weißes IKEA-Tischchen entdeckte. Vom anderen Ende des Ganges hallten ihnen Schritte von mindestens drei weiteren Personen entgegen. Die Gestalten waren noch sehr klein, aber bei der in der Mitte spiegelten sich Lichtreflexe auf der Brust. Das musste wohl der Polizeipräsident sein. Das Hallen der Schritte wurde lauter. Ihre Schuhe klapperten auf dem Marmorboden, als wären sie mit Eisen beschlagen. *„Hufeisen?"*, dachte Tim,

„vielleicht wiehern die gleich zur Begrüßung." Die entgegenkommenden Schritte klangen sehr forsch, fast bedrohlich. Else atmete vor Aufregung tief ein und aus, Tim schaute erstmal vorsichtig zur Seite, wo sie denn ihre Hände hätte. Else hielt den Umschlag mit dem brisanten Inhalt stolz und fest in ihrer rechten Hand, die linke pendelte im Schrittrythmus. Ihr Blick war ernst auf die entgegenkommenden Leute gerichtet. Zwei Meter vor Else und ihren Begleitern stoppten die drei abrupt. Der Dicke in der Mitte schaute sie fast böse an. „Pottaschianerin, Terraner", bollerte er mit einer tiefen Stimme los, die man einem Mann mit dieser geringen Körpergröße gar nicht zugetraut hätte. „Sie sind alle festgenommen und auf der Stelle zu arrestieren!" Tim, Else und Kurt entgleisten synchron sämtliche Gesichtszüge.

*

„Kannst du mir vielleicht sagen, was das eben war?", knurrte Tim Kurt an, der in einer Ecke auf einer harten Bank in der gemeinsamen Zelle hockte und selbst völlig verstört dreinblickte. „Wer hat uns denn jetzt verarscht, was? Paktieren diese Polizeifuzzies mit den Traditionisten? Oder sind sie es sogar selber?" Tims hochroter Kopf drohte jeden Augenblick zu platzen. Kurts Gesichtsausdruck zufolge hatte er im Moment davor mehr Angst als vor der Inhaftierung. *„Der dicke Furz hat Else woanders hingeschleppt, die sollen ja die Finger von ihr* *lassen. Scheiße nur, das diese Penner jetzt die Kopie der Liste besitzen."*

Polizeirat Komlasses schritt wichtig vor der Pottaschianerin auf und ab, die in einem Sessel vor dem großen Schreibtisch in seinem riesigen Büro kauerte. Ihre Hände waren mit magnetischen Bändern gefesselt und im Hintergrund standen seine zwei Adjutanten mit gezogenen Pistolen. „Wie konnten Sie sich nur mit diesen Verbrechern einlassen und derartige Intrigen gegen hochrangige Staatsmänner unterstützen? Sie glauben doch nicht im Ernst, dass irgendjemand darauf hereinfällt." Der dicke Komlasses hatte die Stimmlage eines altgedienten Schulmeisters drauf, der jeden Moment seinen Gertenstock zu ziehen drohte. „Gerade Sie sind die letzte Hoffnung der Pottaschianischen Freiheitsbewegung gewesen, jetzt ist alles aus.", murmelte Else zusammengesunken mit einer an Hoffnungslosigkeit triefenden, dünnen Stimme. „Hören Sie auf damit", polterte der Polizeirat zurück, „Sie werden mich nicht in Ihre Spielchen einwickeln. General Biodiesel persönlich wird Sie alle drei morgen Mittag hier abholen und nach Pottasche überstellen. Dort werden Sie Ihrer Anklage entgegensehen." Else erstarrte vor Schreck. Jetzt war ihr brennend klar geworden, was hier lief. Der dicke Polizist schuldete Biodiesel wahrscheinlich noch einen Gefallen und löste diesen nun ein. Er glaubte tatsächlich das was er sagte. Biodiesel hatte wohl im gesamten bekannten Universum die Machtübernahme von langer Hand vorbereitet. Das war das Ende. Als er van Kloppen hatte abführen lassen, stand der Polizeirat noch lange in seinem Büro und starrte aus dem Fenster. Er suchte nach Erklärungen und Gewissen bereinigenden Rechtfertigungen. Biodiesel war ihm stets als aufrechter Mann begegnet, er zweifelte nicht an ihm. Eigentlich, aber irgendetwas in seiner Bauchgegend ließ ihn nicht glauben, dass die Pottaschianerin unredlich war. Er hatte im Gespräch mit ihr auch keinerlei negative Wellen gespürt. Zugegebenermaßen war das „Gespräch" sehr einseitig abgelaufen, er selbst hatte fast nur geredet. Aber er zweifelte eben. Er beschloss, bei der Überführung der drei Inhaftierten persönlich anwesend zu sein, um ihre Anklage auf Pottasche mitverfolgen zu können. Er hatte ja laut Planetenabkommen die intergalaktische Berechtigung dafür.

*

General Biodiesel gefiel es überhaupt nicht, dass Polizeirat Komlasses darauf bestanden hatte, den Transport der Gefangenen nach Pottasche begleiten zu wollen. Leider hatte er nach den gültigen Planetenabkommen das verdammte Recht dazu. Aber dieses Abkommen würde schon sehr bald nichts mehr wert sein. Seine Gefangenen machten ihm keine Sorgen. Hintermoser und Kaschumke konnte er aus dem Fenster werfen, die würde keiner vermissen. Bei Else van Kloppen sah es schon etwas anders aus, sie war prominent. Aber ihm würde schon etwas einfallen. Biodiesel hatte nämlich keinesfalls vor, mit der Freiheitskämpferin Pottasche zu erreichen. Das war zu gefährlich, sie hatte zu viele Anhänger. Sein wirkliches Problem aber war Justus Komlasses. Würde dieser einfach verschwinden, hatte er ein Problem am Hals, das dicker war als Komlasses selbst. Dieser Mann war zu mächtig. Außerdem war es jedesmal eine ungeheure Kraftanstrengung, vor dem Polizeirat die wahren Gedanken zu verbergen. Biodiesel hatte diese Eigenschaft in vielen meditativen Sitzungen erlernt, um so jedem Gullyaner selbstbewusst entgegentreten zu können, ohne dass diese die wahre Natur seiner Gedanken erspüren konnten. Er hatte sich auf heimtückische Weise Zugang zu den Lehren bestimmter Mönche verschafft. Die einzigen, die bekannt dafür waren, Telepathie erlernen zu können. Die Gullyaner besaßen diese Fähigkeit von Geburt an. Sie konnten diese nicht lehrhaft weitergeben. Komlasses war bisher der stärkste Telepath, den er je kennengelernt hatte. Würde Komlasses erahnen, was Biodiesel vorhatte, wäre alles gescheitert.

Eingesperrt

Else war von Tim und Kurt im Zellentrakt von Biodiesels Schiff getrennt worden, so dass sie keine Möglichkeit hatten, sich zu unterhalten. Tim und Kurt saßen zusammen in einer winzigen Zelle. Tim wusste nicht wohin mit seinem Zorn, Kurt wusste nicht wohin mit seinem Durst. Hatten sie doch nichts anderes als eine

Karaffe Gullywasser gegen den Durst bekommen. Gullyanisches Wasser war zwar nicht giftig, aber es hatte einen merkwürdigen Geschmack, den wohl nur Gullyaner selbst zu schätzen wussten. „Ha, Wasser!", maulte Kurt vor sich hin. „Ich habe denen nichts davon gesagt, dass ich mich waschen will!" „Halt die Klappe, Kurt!" ‚maulte Hintermoser zurück. „Wird Zeit, dass Du mal wieder nüchtern wirst. Wir sind hier nämlich eingesperrt und unsere Zukunft sieht nicht gerade rosig aus, falls Du das noch nicht gemerkt hast! Denk lieber mit darüber nach, wie wir aus dieser Bredouille wieder herauskommen." Kurt glotzte seinen Chef verärgert an. Wie hatte sich der alte Saufsack von Kapitän bloß verändert... Tim Hintermoser untersuchte mit seinen Augen akribisch jeden Zentimeter der Zellenwände. Nichts, keine Luke, kein Lüftungsgitter, nur glatte Plastewände. Pottaschianische Plaste war fast unzerstörbar. Zwei Pritschen, die aus der Längswand gegenüber der Zellentür herausragten. Sonst nichts. Nicht mal ein Klo. *„Kein Lokus"*, dachte Tim, *„hmmm...."* „Kurt, ich habe eine Idee. Stell dich neben die Tür, ganz dicht an die Wand. Sobald eine von den Wachen hereinkommt, haust Du dem den Ballermann aus den Flossen... kapiert?" „Hä?", kam es aus Kurts zur Grimasse verzogenem Gesicht. „Wieso soll da gleich einer..." „Sei still, Kaschumke, mach was ich Dir sage. Noch bin ich Dein Chef. Und wenn Du jetzt nicht auf mich hörst, gibt es kein „Chefchen" mehr und auch keinen Kaschumke. Dann ist endgültig Schluss mit Whiskey, merk Dir das. Oder glaubst Du, der alte Sack von General will uns in einem Stück nach

Pottasche schaukeln?" Kurt entgleisten langsam die Gesichtszüge. Jetzt erst hatte auch er kapiert, in welcher Lage sie sich befanden. Ohne noch einen Ton zu sagen, stand er auf und stellte sich, dicht an die Wand gepresst, neben die Zellentür, die Hände zu Fäusten geballt. Jetzt sprang Tim von der Pritsche, hämmerte mit seinen flachen Händen gegen die Tür und brüllte. „Hey, macht die verdammte Tür auf, ich muss auf den Pott!" Keine Reaktion. Nun trat Tim zusätzlich abwechselnd mit beiden Füßen gegen die Tür. Da die Zelle samt Tür aus Pottaschplaste bestand und nicht aus Metall, hallten zwar laute, aber nur dumpfe Geräusche durch den Gang vor den Zellen. Tim wollte fast schon aufgeben, als er Schritte sich nähern hörte. „Kurt, pass auf jetzt, zöger keine Sekunde!" Tim war angespannt bis in die letzte Faser seines Körpers. Er hämmerte weiter gegen die Tür. „Jaaaa, ist ja gut, ich komme ja schon!", brüllte eine verärgerte Stimme vom Gang her. Kurz darauf gab die Tür ein leises „Pfüdelidüüt" von sich. Ein Zeichen, dass der elektronische Schließmechanismus entsperrt worden war. Eine Sekunde später glitt die Tür zur Seite. Kurt hob beide Fäuste, die er zu einem Knäuel geballt hatte, mit Ruck hoch. Dann kamen zwei Hände an ausgestreckten Armen durch die Tür, die einen Zellzerstäuber umklammerten. Eine fiese Waffe. Oh ja, eine sehr fiese Waffe. Ein gezielter Schuss und ein lebender Organismus zerfiel im wahrsten Sinne des Wortes in seine kleinsten Einzelteile. Nur deshalb standen in manchen Hochsicherheitsgefängnissen Staubsauger auf den Gängen. Im selben Augenblick, als

Kurt die Waffe erblickte, ließ er seine Fäuste nach unten schnellen. Ein harter Schlag traf die Unterarme des Wächters. Dieser ließ ein lautes „Auuuuaaaa!", vernehmen und der Ballermann purzelte zu Boden. Zeitgleich trat Tim dem armen Soldaten mit links in die Weichteile, so dass dieser mit schmerzverzehrtem Gesicht auf die Knie fiel. Ihm blieb die Luft weg, dadurch war er nicht fähig zu schreien. Tim beendete sein temporäres Leiden mit einem gezielten Kinnhaken. Der Wächter kippte zur Seite und rührte sich nicht mehr. Offenbar waren sie die einzigen Gefangenen in diesem Bereich des Schiffes. Else van Kloppen hatten sie irgendwo anders hingeschleppt, denn niemand kam dem schlafenden Soldaten zu Hilfe, und sie waren ja nun nicht gerade leise zu Werke gegangen. Tim hob die Waffe auf und lugte vorsichtig aus der Zellentür, schaute nach links und rechts den Gang hinunter. Keine Menschenseele. Aber an der Decke, in der Mitte des Ganges, befand sich eine halbkugelförmige Überwachungskamera. Trotzdem kam immer noch niemand, um die Gefangenen wieder dingfest zu machen. Offenbar saß nur der jetzt am Boden liegende Wachsoldat vor dem Monitor im Überwachungsraum. Biodiesel war sich seiner Sache also sehr sicher. Er kam nicht auf die Idee, seine Gefangenen könnten ausbrechen. Wohin sollten sie auch gehen? Nach draußen? In den Weltraum? „Ach Scheiße!" entfuhr es Tim. Daran hatte er nicht gedacht. Um endgültig zu entfliehen, müssten sie ein Shuttle stibitzen, und das würde nicht so einfach funktionieren. Wahrscheinlich waren die Dinger auch codiert und ließen sich ohnehin nicht einfach starten. Und außerdem mussten sie Else erst noch befreien. Dann war da noch Komlasses, der Telephat. Er würde die beiden bestimmt aufspüren, bevor andere sie leibhaftig zu sehen bekämen. „Ach Scheiße!", wiederholte Tim mit langem Seufzer.

Biodiesels List

Else saß in einer geräumigeren Einzelzelle für diplomatische Gefangene. Hier gab es ein bequemeres Bett, eine separate Toilette, einen gepolsterten Stuhl und einen kleinen Schreibtisch mit Netbook, aber ohne Internetanschluss. Das Netbook, mit einem Betriebssystem, dass aus markenrechtlichen Gründen hier nicht genannt wird, auch in der Zukunft gibt es Abmahnanwälte, sollte die Gefangenen dazu bewegen, Geständnisse aufzuschreiben, während sie auf der Fahrt durch den Raum hier drinnen brüteten. Manchmal klappte das auch, bei ganz nervösen Menschen und anderen Welltraumbewohnern. Else aber dachte nicht daran, irgendetwas aufzuschreiben. Sie wusste auch, das jedes Wort simultan auf Biodiesels Laptop übertragen wurde. Sobald sie das Netbook hochfahren würde, gäbe es ein Signal an Biodiesel persönlich. Sie kannte solche Systeme genau. Es klopfte an der Tür. Else wurde aus ihren Gedanken gerissen. *„Ich bin in einer Zelle und da klopft jemand an?"* , dachte Else verwundert. „Herein!" rief sie laut und ärgerlich. Die Tür glitt nach einem „Pfüdelidüüd" zur Seite und der dicke Polizeirat trat in den Raum. „Darf ich...?", fragte der Polizeirat höflich und wies mit seinem rechten, wurstartigen Zeigefinger auf den Stuhl. „Setzen Sie sich wo sie wollen", brummelte Else, „von mir aus auch aufs Sofa!" Der Polizeirat stutzte kurz, sah sich um und verstand dann Elses Sarkasmus. „Frau van Kloppen", begann er zögerlich in einem durchaus freundlichen Tonfall, „ich kann durchaus nachvollziehen, wie sie sich fühlen. Ich spüre das ja auch, wie Sie wissen. Und ich muss zugeben, ich werde aus Biodiesel nicht schlau. Offensichtlich sagt er die Wahrheit. Andererseits habe ich das Gefühl, er schafft es, etwas im Verborgenen zu halten. Doch dazu müsste er einen unglaublich widerstandsfähigen Verstand haben. Ich kenne aber nur die Mönche der Highbrain Sekte, die dazu mental in der Lage sind. Aber die geben ihre Fähigkeiten normalerweise an keine anderen Sterblichen weiter." Else schaute Kommlasses neugierig und auch ein wenig hoffnungsvoll an. „Verehrter Polizeirat, glauben Sie mir, Biodiesel ist der Kopf einer globalen Verschwörung. Ja sogar einer sternenumfassenden Verschwörung. Er ist Drahtzieher eines Putschversuches der Traditionisten. Sie wollen das System zerschlagen und Diktaturen auf den Planeten errichten. Lesen Sie die Liste. Denken Sie sich in die Liste hinein. Lesen Sie mein Gehirn. Sie müssen doch feststellen, dass ich die Wahrheit sage. Wir sind alle in Gefahr, und auch Sie wird Biodiesel versuchen loszuwerden." Der Polizeirat sank in sich zusammen. „Irgendwie spüre ich ja auch, dass er nichts Gutes im

Schilde führt. Ich habe mich wohl doch täuschen lassen!"
In diesem Augenblick stürmte ein bewaffneter Tim
Hintermoser, gefolgt von Kurt Kaschumke, in die Zelle. Sie
hatten es tatsächlich geschafft, unbemerkt die
„Unterkunft" von Else zu finden. Der Polizeirat hatte die
Tür hinter sich nicht geschlossen. Er hätte nie mit einem
Fluchtversuch von Else van Kloppen gerechnet. „Heb
Deine fetten Schaufeln nach oben!", knurrte Tim mit
hochrotem Kopf dem Polizeirat entgegen. Komlasses war
derart überrumpelt, dass er Tims Befehl sofort Folge
leistete. Na ja, zugegeben, der Zellzerstäuber hatte ihm
auch Respekt verschafft. Else strahlte, als sie Tim sah. Aber
sofort sprach sie beschwichtigend auf ihn ein. „Tim, bleib
besonnen. Ich denke, der Polizeirat ist auf unserer Seite."
Tim schaute erst Else ungläubig an, dann sah er zum
Polizeirat hinüber. Dieser nickte Tim wortlos zu. „Wie
kannst Du Dir da sicher sein?" ,entgegnete Tim der zarten
Stange Porree…. äh Frau. „Er hat erkannt, dass Biodiesel
ein falsches Spiel spielt. Er spürt, dass wir die Wahrheit
sagen." „Wie haben Sie es geschafft, bis hierher unbemerkt
vorzudringen?", fragte Komlasses vorsichtig in Richtung
Tim. „War nix los unterwegs", entgegnete Tim, als käme er
von einem Spaziergang nach Hause. Dennoch war er
nachdenklich. „Wir brauchten nur einen Wachsoldaten
überwältigen. Die Gänge waren menschenleer. Ihre
Stimme hat uns hierher geführt. Biodiesel muss sich sehr
sicher fühlen auf seinem Dampfer hier, dass er uns nicht
besser überwachen lässt." „Oder aber", warf der Polizeirat
ein, „Ihnen wurde eine Falle gestellt, damit man hinterher

sagen kann: Auf der Flucht erschossen!" Tim wurde blass. Was, wenn der Dicke recht hatte? Biodiesel würde sie einfach wegballern lassen und hätte sogar einen guten Grund dafür. „Dann sitzen Sie jetzt mit im Boot, Komlasses. Ob Sie wollen oder nicht!" „Ja", antwortete der Polizeirat und klang dabei ein wenig deprimiert, „ich bin auch immer mehr davon überzeugt, jetzt auf der richtigen Seite zu sein!"

*

Der General war überaus zufrieden. Die niedergeschlagene Wache tat ihm nicht einmal leid, sie gehörte ja zu seinem Plan. Die Gefangenen meuterten und versuchten zu fliehen. Genau so, wie er es gewollt hatte. Biodiesel hatte auch jedes Wort aus den Zellen mitverfolgen können. Jetzt wusste er auch, dass Komlasses ihm ebenfalls gefährlich geworden war. Er konnte ihn jetzt getrost miterledigen, hatte er sich doch den Gefangenen angeschlossen. *„Perfekt!"*, dachte er grinsend. *„Perfekt!"* Gerade als er seinen Gedanken genoss, wurde er von Leutnant Latent in die Wirklichkeit zurückgeholt. Der Leutnant, der Biodiesels Reaktionen auf schlechte Nachrichten ebenfalls nur zu gut kannte, räusperte sich verlegen. „WAS?" brüllte der General ihn an. „Äh, Herr General", stotterte der Leutnant, „wir haben den Kontakt verloren." „Kontakt verloren? Was reden sie da für einen Blödsinn?" „Die... die Kameras und die Tonübertragungen sind ausgefallen... auf... auf der gesamten Inhaftierungsebene!" Der

Leutnant trat rasch einen Schritt zurück und hielt sich die Hände schützend vor seinen Hals. Nachdem Biodiesel ihn das letzte Mal gewürgt hatte, brauchte es eine Woche, bis er wieder richtig schlucken konnte. Da er gern zum Frühstück trockene Corn Flakes aß, tat das auch ganz schön weh im Hals. Aber dieses Mal blieb die Reaktion des Generals aus. Er stand einfach da und überlegte. „Gehen Sie mit einem Trupp ihrer besten Schützen da runter und erledigen sie die Verbrecher, auch den Polizeirat!" Der Leutnant erschrak bei dem Gedanken daran, auch Komlasses erschießen zu müssen. Das alles uferte langsam aus. Aber er hatte keine Chance sich gegen den General zu stellen. Er war zu mächtig geworden und es würde unweigerlich seinen eigenen Tod bedeuten. „Wird sofort umgesetzt, General!" ‚gab der Leutnant brav salutierend zurück und machte auf dem Absatz kehrt.

Die Flucht

Was konnten sie in dieser Lage tun? Tim, Else Komlasses und ja, auch ein wenig Kurt, dachten fieberhaft nach. Komlasses kam dann schließlich eine möglicherweise durchführbare Idee. „Sie sagen, Herr Hintermoser, dass keinerlei Wachen auf den Gängen zu sehen waren. Und der Wachsoldat, den Sie überwältigt haben…" „Ich war das!", warf Kurt mit geschwellter Brust dazwischen, um auch etwas vom Lob zu kassieren. „Wie gesagt", fuhr

Komlasses fort, „dieser Wachmann war offensichtlich der einzige, der im Überwachungsraum Dienst hatte. Wenn wir nun schnell dort hingelangen, können wir die Überwachungstechnik ausschalten. Sicher kann das System von der Brücke aus wieder zugeschaltet werden, aber wir hätten ein kurzes Zeitfenster, um bis zum Shuttledeck auf dieser Etage zu gelangen. Dann sehen wir weiter." Tim überlegte kurz und schaute in die Runde. Er hatte keine andere Wahl. Andere Optionen fielen auch ihm nicht ein. „Okay", gab er entschlossen zurück. „Was sollten wir auch sonst tun, außer hier auf unseren Tod zu warten. Zuerst sollten wir die Kameras auf den Gängen zerstören, sonst sehen sie sofort, was wir tun. Aber der geklaute Ballermann hier ist nur dazu geeignet, biologische Substanzen zu zerlegen. Wir brauchen etwas hartes, um die Kameras in der Decke zu zerschlagen." „Ich äh..." stotterte Komlasses verlegen. „Ich habe einen Flachmann aus gullyanischem Stampfstahl dabei. Unzerstörbar. Der könnte gehen." Kurts Augen fingen an zu leuchten. „Einen Flachmann?", strahlte er über beide Backen. „Nix da, Du Saufnase!", knurrte Tim zurück. „Du bleibst nüchtern. Einen betrunkenen Kaschumke schleppe ich hier nicht hinter mir her!" Kurt brummelte irgendetwas wie: „Ichdrehdirnochdenhals.....", aber niemand nahm Notiz davon. „Okay", Tim straffte seinen Körper und hielt Komlasses die geöffnete flache rechte Hand entgegen. Der Polizeirat übergab ihm den Flachmann, der, wie Tim feststellen musste, ein ordentliches Gewicht hatte. Gullyianischer Stampfstahl war antibakteriell und rostfrei. Deshalb wurde er gern zur Produktion von Ess- und Trinkbehältnissen für Raumfahrer verwendet. Tim bemerkte Kurts schmachtenden Blick. „Der ist leer, Kurt." Kaschumke ließ enttäuscht die Schultern hängen. Hintermoser war der größte in der Truppe. Komlasses war mit Sicherheit selbst stark genug, die Kameras an der Decke zu zerschlagen, aber er war klein und rund und kam mit seinem Arm nicht hoch genug. Tim nickte den anderen zu, verließ rasch die Zelle und steuerte direkt auf die Kamera an der Gangdecke zu. Ein kräftiger Schlag mit dem Flachmann zerstörte die in transparente Plaste gehüllte Kamera samt Mikrofon. Diese Plaste war sehr dünn und diente nur als Staubschutz für das Objektiv, deshalb ließ sie sich zerschlagen. Jetzt traten auch die anderen aus der Zelle und folgten Tim den Gang entlang, bis sie auf einen Quergang stießen. Dort befand sich genau am Kreuzpunkt die nächste Kamera an der Decke, die ebenfalls im Nu ausgeschaltet war. Es war schon eine illustre kleine Gesellschaft, die da durch die Gänge des Kampfkreuzers huschte. Ein stämmiger, bierbauchbestückter Raumfahrer vorne weg. Eine spargeldünne weißhaarige Lady mit, zugegebenermaßen, stattlicher Oberweite. Ein kleiner kugelrunder Polizeichef mit Pinguingang und ein leicht torkelnder Raumfahrttechniker zum Abschluss. Aber sie hatten ein gemeinsames Ziel: Flucht! Es dauerte nicht lange, bis sie unbehelligt das Überwachungszimmer des Wachsoldaten erreicht hatten. Wie schon geahnt, saß dort niemand weiteres drin. Kurt, erfahren mit so ziemlich jeder Raumfahrttechnik, hatte schnell die

Überwachungsanlage ausgeschaltet. *„Zu irgendwas muss das Whiskeyfass ja auch gut sein,"*, dachte Tim, ganz außer acht lassend, dass er bis vor kurzem selbst noch an der Flasche gehangen hatte. Die Brückencrew würde den Ausfall der Anlage sicherlich schnell bemerken. Sie hatten also nur wenig Zeit, den Shuttlehangar zu erreichen. Glücklicherweise waren die Gänge beschriftet, um die Wege zu den einzelnen Stationen aufzuzeigen. Der Hangar war nur ca. 30 Meter entfernt. Ohne noch ein Wort untereinander auszutauschen, liefen sie in Richtung des Hangars weiter. Vor dem Schott zu den begehrten Fluchtbooten blieb Tim stehen und breitete mahnend seine Arme aus. "Wir haben nicht viel, um uns zu verteidigen und wissen nicht, wie der Hangar bewacht ist. Und ob überhaupt ein startklares Boot auf uns wartet. Uns bleibt nur der Überraschungsmoment. Also: reinstürmen und mir direkt folgen. Ich versuche so schnell wie möglich zu sondieren, wo das nächste startbereite Shuttle steht. Das Außenschott lässt sich normalerweise von jedem Shuttle aus fernbedienen. Auf dieser Art von Schiffen werden die Hopp-n-go Boote eingesetzt. Kleine Karren mit vier Plätzen, aber mit Hyperantrieb. Diese Dinger dienen gleichzeitig als schnelle Rettungsboote. Unser Glück!" Jeder einzelne der kleinen Rebellenhorde war bis zum Zerreißen angespannt. Bereit, nacheinander loszustürmen. Tim stellte sich in Startposition und drückte den Türöffner, der Ähnlichkeit mit dem Knopf zum Öffnen der Tür an der S5 Richtung... ach, lassen wir das. Die Tür glitt mit dem gewohnten Pfüdelidüüd zur Seite und gab den Blick auf den kleinen Hangar frei, der beim ersten schnellen Rundblick fünf Hopp-n-go Boote beinhaltete. Alle mit Nase ausgerichtet auf das Außenschott. Und glücklicherweise waren bei allen die Einstiegsluken geöffnet. „Geradeaus!", schrie Tim und rannte los, die anderen ohne zögern hinterdrein. Die kleine Truppe rannte auf das Shuttle direkt vor ihrer Nase zu. Im selben Augenblick heulte die Alarmsirene los. Sie waren entdeckt. Tim erreichte das Shuttle und hüpfte, für seine Statur sehr elegant, in das Boot, gefolgt von den anderen. Nur Komlasses hatte Mühe, sich durch die enge Luke zu zwängen. Kurt schob von hinten ein wenig nach. „Bitte nicht furzen jetzt", dachte er mit verzogener Mine. Als alle drin waren, schloss Tim sofort – Pfüdelidüüd - die Tür und zündete die Triebwerke. Natürlich fand Hintermoser den Zündschlüssel instinktiv auf der hochgeklappten Sonnenblende. „Scheiß die Wand an!", fluchte Tim fast fröhlich, „die haben nix codiert. Biodiesel ist sich wirklich sehr sicher." Von außen war kein Geräusch mehr zu hören, aber durch die Fenster sahen sie, das mehrere Soldaten mit gezogenen Waffen auf das Shuttle zugerannt kamen. Aber sie schossen nicht. Wahrscheinlich hatten sie Angst, das Shuttle zu beschädigen. Sie kannten ja nur zu gut die Reaktionen ihres Chefs. Die kleinen aber effizienten Motoren des Bootes summten laut auf. Tim trat das Gaspedal zwei drei Mal kräftig durch, so dass die Motoren heulten. Das Gefährt hob einen Meter vom Boden ab und schwebte so im Hangar. Die Soldaten ahnten, was nun passieren würde.

Hastig stülpten sie sich Atemmasken, die sie ständig am Gürtel trugen, über das Gesicht. Tim sah, wie ein Soldat sich aus der Gruppe löste und zum Leitstand zurück rannte. „Scheiße, der will das Schott blockieren!" Tim drückte den Taster, der das Schott fernbediente, das für sie im Shuttle lautlos zur Seite glitt. *„Das wäre bestimmt ein mächtiges Pfüdelidüüd gewesen."*, dachte Tim. Er wartete nicht, bis es ganz geöffnet war und steuerte das kleine Gefährt mit vollem Schub Richtung Ausgang. Sie hätten keine Sekunde früher das Schott erreichen dürfen, dann hätte es wahrscheinlich die Hülle des kleinen Bootes seitlich aufgerissen. Aber sie hatten es geschafft, sie waren draußen. Aber noch nicht in Sicherheit. Die Alarmmaschinerie des Generalschiffs war in vollem Gange, dessen war Hintermoser sich sicher. Die von Biodiesel georderten Soldaten, die die vier Flüchtenden erschießen sollten, konnten nur bedeckt von ihren Atemmasken blöde hinterherglotzen, als das kleine Boot im Weltraum verschwand. Fast automatisch fassten sie sich gleichzeitig an den Hals…

*

Leutnant Latent presste seine Hand jammernd vor das geschwollene rechte Auge. Er hatte soeben die Nachricht der Flucht an Biodiesel überbringen müssen. Jetzt rannte er mit schmerzendem Kopf und einäugig mit fünf Soldaten zum Hangar mit den Sturmjägern. Sein Auftrag war klar und er würde ihn ausführen. Komme was wolle.

Bevor er noch einmal an den irren General eine üble Nachricht herantragen müsste, wollte er lieber in seinem Jäger im Weltall verglühen. Die Männer mussten sich beeilen. Das geklaute Hopp-n-go Boot hatte Hyperantrieb und war schnell außer Reichweite der Sensoren. Noch hatten sie Peilung, aber die wurde immer schwächer. Die Flüchtenden hatten gute zehn Minuten Vorsprung. Die Jäger mussten Vollgas geben, wollten sie sie noch einholen. Routiniert sprangen Biodiesels Männer in die Maschinen, ließen die Motoren aufheulen und schossen aus dem geöffneten Schott ins All hinaus.

*

Tim holte aus der kleinen Kiste heraus was immer ging. Er hatte schon die gesamte Schutzschildenergie des Bootes auf die Triebwerke umgeleitet. Das gab noch mal gute fünf Prozent mehr Schub. Aber eben nicht sehr lange. Bis die Energiezellen sich dann wieder regenerierten, dauerte es. Tim hatte Kurs gesetzt auf den Planeten Neander. Dort gab es ein Tal mit einer kleinen Schmugglerbasis. Die Neanderaner waren grobschlächtige, aber im Grunde gutmütige Gesellen. Nur mit den Gesetzen hielten sie es nicht so ganz genau. Tim hatte dort so etwas wie Freunde. Na ja, er hatte mal mit denen drei Tage durchgesoffen und sich so eine Menge Respekt verschafft. Diese Basis war weitestgehend unbekannt und er hoffte, dort erst einmal Unterschlupf finden zu können. Er musste unbedingt sein Schiff zurückhaben. Direkt dorthin konnte er nicht. Die

Gullyaner würden sie sofort wieder verhaften und sein alter Pott wurde bestimmt bewacht. *„Wehe, sie tun meinem Eimer irgendetwas an!"* Immerhin waren sie entkommen und erst einmal, zumindest für eine kurze Zeit, in Sicherheit. Bestimmt waren die Jäger schon hinter ihnen her. Das Shuttle, in dem sie saßen, war zwar sehr schnell, hatte aber so gut wie keine Bewaffnung. Nur so eine Art Sandstrahler. Damit musste man schon ne Weile auf eine Schiffshülle ballern, bis von der Pelle was wegflog. Keine Ahnung, warum man überhaupt so´n lächerliches Ding installiert hatte. Hier draußen nutzte das Teil jedenfalls nix. Fast sentimental dachte er an seinen Bordcomputer, der ihn bestimmt schon vermisste. Jäh wurden Tim und seine Begleiter aus ihren Gedanken gerissen, als am Armaturenbrett ein Lämpchen rot zu blinken anfing, begleitet von einem nervenden Gepiepe. „Sie holen uns!" krächzte Komlasses mit zittriger Stimme. „Das sehe ich auch," maulte Tim zurück, „aber als Polizeichefchen sollten Sie hier nicht den Jammerlappen geben!" Tim wollte sich von keiner Angst anstecken lassen, das war in dieser Situation nicht gut. Hintermoser schaltete den Bordmonitor auf Rückspiegel. Noch waren keine Jäger in Sichtweite, aber das konnte sich in Sekunden ändern. „Ich will nicht nüchtern sterben", jammerte Kurt auf den Monitor glotzend. „Nicht Du auch noch!", bollerte Tim seinen Mitarbeiter an, „überleg lieber auch mal, was wir jetzt machen sollen!" „Vielleicht dahin fliegen?", warf Else van Kloppen völlig ruhig ein und wies mit dem Finger zum Frontfenster des Bootes. Tim zuckte zusammen. Da war diese zarte Frau mit den stattlichen Ohren die einzig Vernünftige unter dem Haufen hier. Außer ihm natürlich. Tim schaute aus dem Fenster und sah, was van Kloppen meinte. Ein immer größer werdender Lichtpunkt kam auf sie zu. Es konnte auf jeden Fall keiner ihrer Verfolger sein, die hätten sie niemals so schnell umrunden können, um nun von vorn anzugreifen. Der Lichtpunkt wurde rasch größer. „Da kommen sie!" Komlasses deutete nun schon etwas gefasster auf den Rückspiegel-Monitor. Sechs Jäger kamen rasend schnell näher. Es würde nicht lange dauern, bis sie in Schussweite wären und dann... Plötzlich leuchtete ein Lichtblitz vor ihnen auf und schoss am Shuttle vorbei. Geistesgegenwärtig sahen alle sofort auf den Rückspiegel. Der Lichtblitz löschte einen Jäger in einer lautlosen Wolke auf. Die kleine Shuttle Besatzung sah sich verwundert an. Auch die Jägerpiloten mussten sich erschrocken haben. Der Abstand zu ihnen vergrößerte sich unmittelbar. Else starrte aus dem Bugfenster und setzte ein breites Grinsen auf. „Meine Leute!", rief sie voller Stolz und Freude über diese unvorhergesehene Rettung. „Wie bitte was?" stammelte Tim und schaute auch mit stierem Blick aus dem Fenster. Jetzt sah er es. Ein pottaschianisches Handelsschiff der Butterfahrt-5 Klasse. Diese Schiffe waren im ganzen bekannten Weltraum anzutreffen. Viele Kulturen fuhren diese Schiffe. Die pottaschianischen Werften waren für hervorragende Schiffsbaukunst weit bekannt. Aber über diese effiziente Bewaffnung wunderte sich Tim nun doch. „Das sind meine Leute, die

Freiheitskämpfer,", gab Else immer noch freudig zurück. Das Schiff fuhr jetzt direkt über sie, hatte Rückwärtsfahrt aufgenommen um so die Vorwärtsfahrt des Shuttels auszugleichen. So hatten die vier, die im gleichen Boot saßen, das Gefühl, das große Schiff stand über ihnen. „Habt ihr das kleine grüne Logo mit dem Baum vorn am Bug gesehen? Das ist unser Erkennungszeichen." Über ihnen öffnete sich jetzt eine große Luke im Bauch des Schiffes. Tim verstand. Er schaltete ein Magnetfeld auf die Außenhülle und die Steuerung des Bootes auf Fernbedienung. Jetzt konnte die Brückencrew des Handelsschiffes das Shuttle dirigieren. Es war nicht gerade einfach, das kleine Boot an Bord zu holen, während beide eigentlich in verschiedene Richtungen fuhren. Deshalb das Magnetfeld. Es wurde an ein gegenpoliges Magnetfeld des großen Schiffes gekoppelt. Jetzt konnte per Fernsteuerung die Geschwindigkeit des Shuttles langsam heruntergefahren und das Magnetfeld gleichzeitig entsprechend verstärkt werden, bis die Motoren des Shuttles „standen". Danach konnte das Shuttle an Bord gezogen werden. Während dieser ganzen Aktion feuerte das Handelsschiff auf die Jäger, die langsam näher kamen und nun auch zurückfeuerten. Sie waren dabei zaghaft unterwegs. Sie hatten ihren Anführer verloren. Leutnant Latent hatte sich mit seinem Jäger im Lichtblitz in Staub aufgelöst. Eine gefühlte Ewigkeit später konnte das Shuttle endlich an Bord gezogen werden. Sobald die Ladeluke verschlossen war, schoss das Handelsschiff in einem weiten Bogen Richtung Neander davon.

An Bord der Freiheitskämpfer

Als das Shuttle auf dem Boden des Frachtraums aufgesetzt hatte, öffnete Tim Hintermoser langsam die Luke. Den kleinen Zell-Zerstäuber fest in der rechten Hand, streckte er als Erster den Kopf aus dem Boot. Das erste was er sah, war die Mündung eines Lähm-Strahlers. Diese Waffe machte für Stunden bewegungsunfähig, was mit beträchtlichen Nervenschmerzen verbunden war. „Hört das denn nie auf!", brüllte Tim so laut vor Wut, dass es in dem Shuttlehangar widerhallte. „Steigen Sie erst mal alle aus", gab der Waffenhalter in aller Ruhe zurück, „wir gehen nur auf Nummer Sicher." Nach Tim kletterte Kurt aus dem Boot, danach folgte Else. Als die Pottaschianer sie sahen, riefen sie verzückt im Chor: „Else lebt! Hurra!" Else van Kloppen sah in vertraute Gesichter. Es waren ihre Gefährten der Freiheits-

bewegung. Als sich dann der Polizeirat von Gully Sieben aus der kleinen Luke zwängte, ging ein Ausruf des Erstaunens durch die Gruppe der Retter. Damit hatten sie nicht gerechnet. Jener, der die Waffe auf Tim gerichtet, sie aber inzwischen wieder eingesteckt hatte, fragte verwirrt: „Was hat der denn hier zu suchen?" „Gebt uns erst mal was zum Kehle spülen, dann erzähle ich euch die ganze Geschichte!" Kapitän Hintermoser zuckte bei Elses Worten direkt zusammen. *Was hatte sie da gerade gesagt? Hatte er der hübschen Stange Porree mit der frechen Stoppelfrisur etwa in so kurzer Zeit die Manieren versaut?*

Oh ja, ich muss mich langsam ändern!" Kurt allerdings konnte bei Elses Worten ein breites Grinsen nicht verhindern. Langsam gefiel ihm diese Frau.

*

Nachdem die vier Rebellen in die Mensa gebracht und mit pottaschianischem Rum versorgt worden waren, erzählte Else, was seit ihrer Flucht von Pottasche alles passiert war. Elses pottaschianische Mitstreiter hörten aufmerksam zu. Von Tims Verhalten gegenüber Else waren sie echauffiert, von seinen Waffenkünsten allerdings tief beeindruckt. Tim ärgerte sich, dass Else alles so haarklein darstellen musste. Aber na ja, verdient hatte er es ja. Kurt war das egal, er goss sich gerade das sechste Glas Rum ein. Der pottaschianische Rum hatte einen leicht süßlichen, kokosnussartigen Geschmack, der die Schärfe des Getränks überdeckte. Dadurch trank man meist mehr davon, als einem guttat. Ein dumpfer Rums ließ alle hochschrecken... Kurt war mit dem Kopf auf den Tisch geknallt und begann selig zu schnarchen. Tim zuckte peinlich berührt mit den Schultern. „Er hat halt viel mitgemacht, der Gute. Unter Stress verträgt er eben nicht viel." „*Warte nur*", dachte Tim, innerlich kochend, „*wenn wir alleine sind!"*

*

Harald, der Kommandant des potaschianischen Freiheitsbewegungsraumschiffes, davon gab es insgesamt fünf, (von den Schiffen, nicht von Harald) erzählte nun, wie sie dem kleinen Shuttle auf die Fährte gekommen waren. Harald war etwas weniger schlank als Else (natürlich auch ohne Oberweite), hatte aber auch die typischen weißen Haare, die er zu einem Pferdeschwanz zusammengebunden trug. Sein gegerbtes Gesicht deutete auf ein erhöhtes Alter, oder aber auf einen wilden Lebenswandel hin. Tim versuchte sich den Lebenswandel einzureden, das machte Harald für ihn sympathischer. Harald begann: „Nachdem man Dir, Else, die Liste übergeben hatte und Du mit dem Shuttle gestartet warst, hat man uns abkommandiert, Dir so unauffällig wie möglich auf den Fersen zu bleiben. Du solltest davon nichts wissen, damit Du uns im Falle einer Notsituation nicht verraten kannst. Entschuldige das, aber wir sind nur wenige Aktive und können niemanden entbehren." Else nickte zustimmend. Harald fuhr fort: „Wir hatten Dich die ganze Zeit über angepeilt und folgten Dir in so großem Abstand, dass die Sensoren das Signal gerade so noch halten konnten. Da wir als Handelsschiff mit entsprechender Signatur unterwegs waren, fielen wir Biodiesels Schergen nicht weiter auf, obwohl sie uns mehrfach gescannt haben. Als Dein Shuttle dann den Treffer abbekam und sich in diesen verbeulten Frachter bohrte, hatten wir große Sorge, dass Du es nicht überlebt haben könntest und die Liste verloren war." „Moooment," warf Tim mit ermahnenden Zeigefinger entrüstet ein,

„Verbeulter Frachter will ich aber strickt überhört haben!"
Else schmunzelte ein wenig, von Kurt kam ein gelalltes:
„Ssschrotthauwn!" *„Oh ja... warte bis wir allein sind!"* Tim
ballte seine linke Faust unter dem Tisch. Harald schaute
verwirrt zwischen Tim und Kurt hin und her. „Mach
weiter, Harald", grinste Else, „alles Okay." „Also, nach
Deinem Crash bangten wir um Dich und die Liste. Wir
flogen näher heran, so dass wir die Monitore auf
Sichtkontakt schalten konnten. Wir waren trotzdem sehr
vorsichtig, die Angreifer waren Dir ja noch immer auf den
Fersen, wenn auch noch nicht in Reichweite. Und dann
sahen wir, wie das Shuttle langsam durch das Leck in den
Frachter gezogen wurde. Wir waren dann nah genug, um
einen Bioscann durchzuführen. Der Frachter hatte ja
offensichtlich keine Schilde hochgefahren, sonst hättest
Du ihn nicht anbohren können." „Kommd aufeinloch
meeerorwenier aunich an.", brabbelte Kurt, dessen Kopf
noch immer auf der Tischplatte ruhte. Tim holte mit dem
rechten Fuß aus und trat Kurt kräftig vors Schienenbein.
Der ruckte kurz mit dem Kopf hoch, um ihn direkt wieder
auf den Tisch sinken zu lassen. „Na ja," fuhr Harald fort,
„als der Scann uns Deine aktiven Biodaten übermittelte,
wussten wir, dass du lebst." Harald grinste Else breit an.
„Du bist eben eine echte Pottaschianerin. Wir sind dann
dem Frachter wieder auf Distanz gefolgt und haben
miterlebt, wie dieser alte Pott Biodiesels Jäger dezimiert
hat. Jetzt wissen wir ja, wie er das geschafft hat." Harald
blickte anerkennend zu Tim, der sich sofort geschmeichelt
in die Brust warf. Eitel war der alte Bazi dann doch schon.

„Dann kam der Zerstörer und Dein Shuttle wurde aus dem Frachter geschossen. Irritiert hatte uns zunächst, dass im Shuttle sowie auf dem Frachter gleichzeitig Deine Biosignatur gescannt werden konnte. Wir konnten uns zuerst keinen Reim darauf machen. Als der Frachter dann leicht abdrehte und der Zerstörer dem Shuttle folgte, ahnten wir, dass es ein Ablenkungsmanöver war, und wir hingen uns an den Frachter. Dann erhielten wir eine geheime Meldung eines Informanten auf Gully Sieben, dass ihr verhaftet worden seid und nach Pottasche überstellt werden solltet. Als Biodiesel Euch an Bord nahm, flogen wir in sicherem Abstand neben seinem Schiff her und überlegten fieberhaft, wie wir Dich da wieder rausholen könnten, denn eines war sicher – Biodiesel hätte Dich nie lebend nach Pottasche zurückgebracht. Ja, und dann kam Eure Flucht. Nach unseren Berechnungen hieltet ihr Kurs auf Neander. Dort gibt es ja eine geheime Schmugglerbasis. Uns war gleich klar, dass das der Plan des Frachterkapitäns war. Wer sollte sonst in solchen Kreisen verkehren." „Ich muss doch sehr bitten," entrüstete sich Hintermoser schroff. „Schon gut," lachte Harald, „wir sind Ihnen sehr dankbar dafür. Sie haben Else gerettet und hoffentlich auch die Liste. Else ließ den Kopf sinken. Leise erzählte sie: „Leider nein, Harald. Das Original haben wir mit einem Dummy von mir in mein Shuttle gesteckt, um beim Scann durch Biodiesels Schiff die Echtheit zu bestätigen. Die Kopie der Liste ist jetzt in Biodiesels Händen." Alle um den Tisch herum zeigten betretene Gesichter, bis auf Tim Hintermoser. Na gut, auch Kurt grinste weiter im Halbschlaf auf der Tischplatte. „Na ja", gab Tim bedächtig von sich. „Es gibt da noch eine Kopie." „Waaas? Du hast mehrere Kopien von der Liste angefertigt? Und ich sollte Dir vertrauen?" Else war stinksauer von ihrem Stuhl hochgesprungen, stützte sich mit ihren Fäusten auf der Tischplatte ab und war drauf und dran, Tim ins Gesicht zu springen. Tim rutschte mit seinem Stuhl einen halben Meter zurück. *„Verdammt, hat das Mädel Feuer!"*, dachte Tim respektvoll. „Beruhige Dich, Else. Ich habe halt voraus gedacht. Ich war der Überzeugung, wenn Du nichts von einer zweiten Kopie weißt, kannst Du es im Zweifel unter Druck auch glaubhaft abstreiten." Tim zog seinen linken Schuh aus. Sofort rümpften die Anwesenden die Nase, einem entfuhr ein „Puuuhh..." „Ja sorry", gab Tim beschämt zurück, „ich kann nix dafür. Wurde schon mit Schweißfüßen geboren!" Dann fingerte er im Schuh herum und zog eine klein gefaltete, weiße Folie heraus. Er entfaltete sie auf dem Tisch zu der begehrten Kopie der Liste. Else verzog immer noch ein wenig das Gesicht, verstand aber Tims Vorgehen. Sie wollte ihm aus Stolz heraus aber trotzdem nicht zeigen, dass sie ihn dafür bewunderte. Ein langer Piepton kündigte eine Computerstimme an: „Kapitän Snirrrf", das war Haralds Nachname, allerdings mit einem -r- . Der Computer, dessen Stimme hier männlich war, hatte offenbar einen Programmierfehler. „Wirrr errreichen in drrrreißig Mnutn Neander!" Ein „Plopp" beendete die Übertragung. „Okay, meine Damen und Herren", sprach

Kapitän Snirf mit kräftiger Stimme, „gleich sind wir erst einmal in Sicherheit!"

Begriffserklärungen

Alter Pott:	Gebraucht erworbenes Raumschiff.
Arschkrampen:	Nicht ganz so nette Zeitgenossen.
Blackbox:	Schwarzer Kasten. Merkt sich alles was man sagt.
Butterfahrt-5 Klasse:	Handelsschiffe bestimmter Größe, auf denen intergalaktische Zollgebühren gelten.
Elektronikstörer:	Zieht virtuell jeden Stecker und dreht den Saft ab.
Frachtraum XI:	Es gibt auf dem Frachter eigentlich nur drei Frachträume, macht aber so mehr her.
Gnubbel:	Klingt komisch, aber so heißt nun mal die Währung in dieser Zeit.
Gully Sieben:	Planet voller Besserwisser äh… Telephaten. Denen kann man so schnell nix vormachen.
Gullywasser:	Natürliches Wasservorkommen auf Gully Sieben. Hat einen eigenen Geschmack, der nicht jedem schmeckt.
Heckgeschütz:	Schießt natürlich nach hinten… wohin sonst?

Hofbräuhaus-museum:	Gedenkstätte zur Erinnerung an einen beliebten Trinktempel in Tims Heimatstadt München.
Hopp-n-go Klasse:	Beiboote oder auch Rettungsboote in pottaschianischen Raumkreuzern. Sie haben etwa die Größe eines durch-schnittlichen Mittelklasse Kombis und fassen vier Personen. Allerdings etwas besser motorisiert. Sie erreichen immer-hin doppelte Lichtgeschwindigkeit mittels Raumkrümmungsantrieb.
Hüllenperforation:	Loch im Blech.
Hyperantrieb:	Schneller als die Polizei erlaubt.
Idioten:	Muss ich nicht erklären.
Interkom:	Bordtelefon ohne Hörer und Wähl-scheibe.
Kalibrieren:	Etwas pingelig genau einstellen.
Kohle:	Synonym für Gnubbel
Lähm-Strahler:	Fiese Waffe. Lähmt den angestrahlten für bis zu drei Stunden, der dabei im ganzen Körper ebenso fiese Nervenschmerzen erleiden muss. Diese Waffe soll durch bloße An-wesenheit abschrecken.

Leckreparatur- roboter:	Blechmechaniker mit speziellem Reparaturprogramm. Kann nur Löcher stopfen.
Nanosekunde:	So schnell, das merkst Du gar nicht.
Pottasche:	Planet außerhalb unseres Sonnensystems, aber innerhalb der Reichweite von schnellen Raumschiffen. Von der Erde aus benötigt man mindestens ein Hopp-n-go Boot, um dorthin zu gelangen. Pottaschianer sind in der Regel dünn und weißhaarig.
Pöttpött Klasse:	Kleine schnelle Raumflitzer mit Ballermännern an Bord.
Raumpiraten:	Nehmen sich gern, was sie wollen. Haben aber nichts mit universalen Bankern zu tun.
Reparaturroboter:	Kann mehr als der Leckreparaturroboter.
Schutzschildenergie:	Mächtig starke Kraft ,die man nicht sieht, aber trotzdem nix durchlässt. Es sei denn, der Ballermann des Gegners ist stärker, als die mächtig starke Kraft.
Stampfstahl:	Nichtrostendes, antibakterielles Metall, das auf Gully Sieben gewonnen wird und für Ess- und Trinkgefäße Verwendung findet.

Störfeldbeschuss:	Hört sich einfach nur unglaublich technisch an.
Traditionisten:	Haben keinen Bock auf Veränderung.
Überraschungs-angriff:	Da denkste an nix Böses...
Wahrscheinlich-keitsrechnung:	Macht man, wenn man nichts genaues weiß, oder gar keine Ahnung hat.
Zell-Zerstäuber:	Echter Kaputtmacher. Alles Biologische, das mit diesem Ballermann beschossen wird, zerfällt in seine molekularen Einzelteile.
Zerstörer:	Mächtiger Trümmer von Raumschiff. Macht alles kaputt.
Zusatzantrieb:	Der Trend geht zum Zweitmotor.

Wie es weiter geht:

Wie wird es der kleinen Rebellentruppe auf Neander ergehen? Finden sie dort wirklich Verbündete im Kampf gegen Biodiesel und seine Schergen? Wird Tim Hintermoser seinen geliebten alten Pott, seinen Raumfrachter wiederbekommen? Werden er und Else van Kloppen noch mehr austauschen, als nur Floskeln? Schafft es Kurt, seinen ewigen Durst zu überwinden? Darf Komlasses noch Polizeirat bleiben, weil er ja jetzt beim Diebstahl eines Shuttles beteiligt war? Können alle zusammen Biodiesels Pläne vereiteln und ihn zu einem Antistress Seminar überreden? Fragen über Fragen. Einige Antworten dazu wird Ihnen, liebe Leserin und lieber Leser, der zweite Band mit Sicherheit auf gewohnt amüsante Weise liefern. Und überhaupt: Danke, dass Sie bis zum Ende des ersten Bandes durchgehalten haben.

Astronomische Grüße
Ihr Raumchaoten-Team

Was sonst noch so passiert

Gerne möchte ich hier noch einmal auf Tante Grimm, Alias Britta Daniel-Tonn, zurückkommen, die es sich getraut hat, Grimms Märchen umzuschreiben, die Geschehnisse tier- und gewaltfrei und kinderfreundlich zu gestalten. Außerdem hat sie die Moral in den Märchen unserer Zeit angepasst, ohne die wesentliche Struktur der Märchen zu verändern. Und ich muss sagen, es ist ihr wunderbar gelungen. So wird jeder Märchenliebhaber die Geschichten sofort wiedererkennen und feststellen, wie gelungen die neuen Inhalte in die alten Überlieferungen eingebunden wurden.

Grimms Neue Märchen 2.0 von Britta Daniel-Tonn

Unter meiner Feder entstehen noch die Geschichten von

Freddy & Frogg,

die im gerade wachsenden neuen Märchenbuch 3.0 eingebunden sind.

Gemeinsam betreiben wir auch das

GOLDRATTE CHARITY DESIGN Label,

Künstler helfen Kindern weltweit. Hiermit unterstützen wir soziale Projekte, wie z. B. Ein Waisenhaus auf Haiti und den Aufbau einer Naturschule in Deutschland und zwischendurch immer wieder andere aktuelle Projekte, vornehmlich für Kinder. Klicken Sie sich auf:

www.goldratte.de durch das Rattiversum.

Zeitfracht Medien GmbH
Ferdinand-Jühlke-Straße 7
99095 Erfurt, Deutschland
produktsicherheit@kolibri360.de